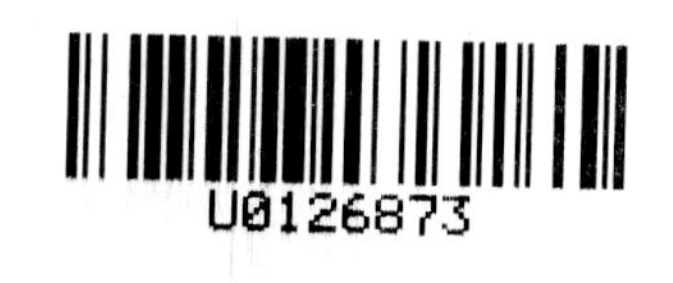

古文觀止

冊八

〔清〕吴楚材 吴調侯 編著

北京聯合出版公司

吴楚材 吴調侯：入手作疑詞，文勢曲折。

三槐堂銘

蘇軾

題解

此文是宋神宗元豐二年（一〇七九年）蘇軾在湖州任上爲學生王鞏家中的「三槐堂」題寫的銘詞。三槐堂是北宋初年兵部侍郎王佑家中的廳堂，因手植三棵槐樹于庭院而得名（古代傳説，三棵槐樹象徵朝廷官吏中職位最高的三公）。王鞏是王旦（宋真宗時任宰相）的孫子，北宋詩人，授太常博士，任宗正丞，與蘇軾既是師生又是朋友。王鞏的家在汴京東郊，蘇軾在京期間曾去家訪見過王鞏之父王素（官至工部尚書）。蘇軾在徐州期間，王鞏曾與其一起交遊吟詩。蘇軾來湖州上任，王鞏也趕來相會，並請其爲自家三槐堂題銘。蘇軾便應邀撰寫《三槐堂銘》。從此，王佑後裔便稱爲三槐王氏，是我國王氏最大的望族。

原文

天可必乎？賢者不必貴，仁者不必壽。天不可必乎？仁者必有後。二者將安取衷哉！吾聞之申包胥①曰：「人定者勝天，天定亦能勝人。」世之論天者，皆不待其定而求之，故以天爲茫茫，善者以怠，惡者以肆。盜跖之壽，孔顔之厄，此皆天之未定者也。松柏生于山林，其始也困于蓬蒿，厄于牛羊，而其終也，貫四時閲千歲而不改者，其天定也。善惡之報，至于子孫，而其定也久矣。吾以所見所聞考之，而其可必也審矣。

國之將興，必有世德之臣，厚施而不食其報，然後其子孫能與守文太平之主共天下之福。故兵部侍郎晋國王公顯于漢周之際，歷事太祖、太宗，文武忠孝，天下望以爲相，而公卒以直道不容于時。蓋嘗手植三槐于庭曰：「吾子孫必有爲三公者。」已而，其子魏國文正公相真宗皇帝于景德、祥符之間，朝廷清明，天下無事之時，享其福祿榮名者十有八年。

今夫寓物于人，明日而取之有得有否。而晋公修德于身，責報于天，取必于數十年之後，如持左券，交手相付。吾是以知天之果可必

吴楚材、吴調侯：起手以可必、不可必兩設疑局，作詰問體。次乃說出有未定之天，有一定之天，歷世數來，乃見人事既盡，然後可以取必于天心。此長公作銘微意。王氏勳業，與槐俱萌，實與此文而俱永。

也。吾不及見魏公，而見其子懿敏公，以直諫事仁宗皇帝，出入侍從將帥三十餘年，位不滿其德。天將復興王氏也歟？何其子孫之多賢也。世有以晉公比李栖筠②者，其雄才直氣，真不相上下，而栖筠之子吉甫，其孫德裕，功名富貴，略與王氏等，而忠恕仁厚，不及魏公父子。由此觀之，王氏之福蓋未艾也。懿敏公之子鞏與吾遊，好德而文，以世其家，吾是以錄之。銘曰：

嗚呼休哉！魏公之業，與槐俱萌。封植之勤，必世乃成。既相真宗，四方砥平。歸視其家，槐陰滿庭。吾儕小人，朝不及夕。相時射利，皇恤厥德。庶幾僥幸，不種而獲。不有君子，其何能國。王城之東，晉公所廬。鬱鬱三槐，惟德之符。嗚呼休哉！

注釋

①申包胥：春秋時楚國大夫，名包胥，封于申，故名申包胥，楚君蚡冒之後，《戰國策》作蚡冒勃蘇。楚平王七年（前五二二年），伍子胥因父親冤案逃離楚國，途遇申包胥道：「我必覆楚。」申包胥答曰：「子能覆之，我必能興之。」楚昭王十年（前五〇六年），吳王用伍子胥計破楚入郢。申包胥隨昭王撤出輾轉隨國。後自請赴秦，求秦哀公出兵救楚。初未獲允，七日不食，日夜哭于秦廷。哀公爲之感動，終于答應發兵前往救援。在秦、楚軍隊的反擊下，楚人驅走吳國軍隊，收復了郢都。申包胥歸郢後，昭王對他欲予獎賞，他聲稱請救兵是爲了楚國人民，拒受賞賜。隨即隱居山中，以度餘年。②李栖筠：字貞一，「安史之亂」時，肅宗駐靈武，李栖筠選精兵七千護駕，後被肅宗擢爲殿中侍御史。時關中一帶靠白渠、鄭渠灌溉，有豪强者堵截上遊，設置水磨，奪去農用水量十分之七。李栖筠請旨，全部拆除。因受宰相元載忌妒，出爲常州刺史。李栖筠在當地指揮百姓開渠引水，捕獲盜賊，興辦學堂，倡行教化。但終因受元載壓制，憂鬱而卒。賜吏部尚書，謚文獻。

譯文

上天一定會展現他的意願嗎？但爲什麼賢德的人不一定富貴，仁愛的人不一定長壽？難道上天不一定會展現他的意願嗎？但行善仁愛之人一定有好的後代。這兩種說法哪一種是對的呢？我曾經聽申包胥說過：「人爲的因素可以改變天命，天命勝于人爲因素。」世上議論天道的人，都不等上天

的意願完全表現出來就去責求，因此認爲天是茫茫無知的。善良的人因此而懈怠，邪惡的人因此而放肆。盜跖可以長壽，孔子、顏回卻遭受困厄，這都是上天還沒有表現出來他的眞實意願的緣故。松柏生長在山林之中，起初被蓬蒿圍困，遭牛羊踐踏，但最終還是四季常青，經千年而不凋零，這就是上天賜予它的天性。關于對人的善惡報應，有的要一直到子孫後代才能表現出來，這也是上天確定已久的。我根據所見所聞來驗證，上天的意願一定會展現，這是明白無疑的。

國家將要興盛時，必定有世代積德的大臣，做了很大的好事而沒有得到福報，但此後他的子孫卻能夠與遵循先王法度的太平君主共享天下的福祿。已故的兵部侍郎晉國公王佑，顯赫于後漢、後周之間，先後在太祖、太宗兩朝任職，文武忠孝，天下的人都期盼他能出任宰相，然而王佑由于正直不阿，不爲當世所容。他曾親手在庭院裏種植了三棵槐樹，說：「我的後世子孫將來一定有位列三公者。」後來他的兒子魏國文正公，在眞宗皇帝景德、祥符年間做了宰相，當時朝廷政治清明，天下太平，他享有福祿榮耀十八年。

現在如果把東西寄存在別人處，第二天就去取，可能得到，也可能得不到了。但晉國公自身修養德行，以求上天的福報，在幾十年之後，得到了必然的回報。如同手持契約，親手交接一樣。我因此知道上天的意願一定會展現的。我沒來得及見到魏國公，卻見到了他的兒子懿敏公。他事奉仁宗皇帝時直言敢諫，出外帶兵、入內侍從三十多年，這種爵位還不足以和他的德行相稱。上天將再一次使王氏興盛嗎？爲什麼他的子孫有這麼多的賢人呢？世上有的人把晉國公與李栖筠相比，他們兩人的雄才大略、正直氣節，確實不相上下。而李栖筠的兒子李吉甫，孫子李德裕，享有的功名富貴和王氏也差不多，但論忠恕仁厚，他們則不如魏公父子。由此可見，王氏的福分正旺盛不衰啊！懿敏公的兒子王鞏，跟我交遊，他崇尚道德而又善詩文，以此繼承了他的家風，我因此把他記了下來。銘曰：

啊，多麼美好啊！魏公的家業，跟槐樹一起萌興。辛勞的培植，一定要經過一代才能長成。他輔佐眞宗，天下太平，回鄉探家，槐陰籠庭。我輩小人，一天從早到晚，衹知窺察時機求取名利，哪有空閑修養自己的德行？衹希望有意外的僥幸，不種植就能收穫。如果沒有君子，國家又怎能成爲一個國家？京城的東面，是晉國公的住所，鬱鬱葱葱的三棵槐樹，象徵着王家的仁德。啊，多麼美好啊！

方山子傳

蘇軾

題解

陳慥爲人豪爽，好飲酒，蘇軾在鳳翔任職時曾與他交遊。十九年後，蘇軾被貶爲黃州團練副使，途中遇到了陳慥。此時的陳慥已成了隱士，號方山子。蘇軾贊賞他放棄富貴隱居深山能够怡然自得，感慨于人世的變遷，爲他寫了此篇傳記，記下了他青年時期的豪氣和隱居後的風度。

原文

方山子，光、黃間隱人也①。少時慕朱家、郭解爲人②，閭里③之俠皆宗之。稍壯，折節讀書，欲以此馳騁當世，然終不遇。晚乃遁于光、黃間，曰岐亭。庵居蔬食，不與世相聞；棄車馬，毀冠服，徒步往來山中，人莫識也。見其所著帽，方聳④而高，曰：「此豈古方山冠之遺像乎⑤？」因謂之方山子。

吳楚材、吳調侯：總是好俠氣概，伏下使酒好劍輕財一段。

余謫居于黃，過岐亭，適見焉。曰：「嗚呼！此吾故人陳慥季常也，何爲而在此？」方山子亦矍然，問余所以至此者。余告之故。俯而不答，仰而笑。呼余宿其家。環堵蕭然，而妻子奴婢皆有自得之意。余既聳然異之。

獨念方山子少時，使酒好劍，用財如糞土。前十九年，余在岐山⑥，見方山子從兩騎，挾二矢，遊西山。鵲起于前，使騎逐而射之，不獲；方山子怒馬獨出，一發得之。因與余馬上論用兵及古今成敗，自謂一時豪士。今幾日耳，精悍之色猶見于眉間，而豈山中之人⑦哉？

然方山子世有勳閥，當得官；使從事于其間，今已顯聞。而其家在洛陽，園宅壯麗與公侯等；河北有田，歲得帛千匹，亦足以富樂。皆棄不取，獨來窮山中，此豈無得而然哉？

掉轉自得意句，有聲響。

余聞光、黃多異人，往往佯狂垢污。不可得而見；方山子儻見之歟？

【注釋】①光：光州，治所在今河南光山。黄：黄州，治所在今湖北黄岡。②朱家、郭解：均爲漢時著名遊俠。③閭里：鄉里。閭，里巷大門，代指里巷。④方聳：帽頂呈方形。⑤方山冠：漢代祭宗廟時樂師所戴的帽子。遺像：遺留下的式樣。⑥岐山：指陝西鳳翔。蘇軾曾做鳳翔僉判。⑦山中之人：指一般的隱居山野之人。

【譯文】

方山子是光州、黄州一帶的隱士。年輕時，仰慕朱家、郭解的爲人，鄉里的遊俠都推崇他。年歲稍長，就改變志趣，發奮讀書，想以此在當世聞名，但是一直沒有機遇。晚年就隱居在光州、黄州一帶名叫岐亭的地方。住茅屋，吃素食，不與俗士交往。捨棄了車馬，毀壞書生衣帽，徒步來往于山裏，當地無人認識他。人們見他戴的帽子又方又高，就說：「這不就是古代方山冠遺留下來的樣子嗎？」因此都稱他爲「方山子」。

我因貶居黄州，有一次經過岐亭時，正巧遇見他。我說：「啊，這是我的老朋友陳慥呀，爲什麼住在這裏呢？」方山子也驚訝地問我到此地的原因。我把原因告訴了他，他低頭不語，接着又仰天大笑，請我住到他家去。他家裏四壁空空，然而他的妻兒奴僕都有種怡然自樂的神情。我感到十分驚異。

就回想起方山子年輕的時候嗜酒弄劍、揮金如土的情景。十九年前，我在岐山，見到方山子帶着兩個騎馬的隨從，身佩兩副弓箭，在西山遊獵。前方飛起一鵲，他便叫隨從追趕射鵲，未能射中。方山子獨自躍馬而出，一箭射中飛鵲。他和我就在馬上談論起用兵之道及古今成敗之事，自詡爲一代豪傑。至今又過了多少日子了，那股英氣勃勃的神態，依然在眉宇間顯現，這怎麼會是一位隱士呢？

方山子出身于世代功勳的家族，理應有官做，假如他進入官場，到現在必已顯達了。他家原在洛陽，園林宅舍雄偉富麗，可與公侯之家媲美。在河北還有田產，每年可得上千匹的絲帛收入，這些足以使他過上富裕安樂的生活了。然而他都拋開了，偏要來到窮鄉僻壤，這難道是心中毫無所求的人能做到的嗎？

我聽說光州、黄州一帶有不少奇人逸士，常常假裝瘋癲、衣衫破舊，但是總也沒有機會見到他們。方山子或許見過他們吧。

吳楚材、吳調侯：先怪六國滅亡。

作者簡介

蘇轍（一〇三九年—一一一二年），字子由，一字同叔，晚號潁濱遺老，眉州眉山（今屬四川）人。與父蘇洵、兄蘇軾合稱「三蘇」，並入「唐宋八大家」之列。

蘇轍的主要文學成就在散文。有「沖和淡泊，遒逸疏宕」之譽。

他是蘇洵的兒子、蘇軾的弟弟，從小受父親的影響，長大受哥哥的感染，使他的散文風格既有蘇洵的簡潔雄健，又有蘇軾的飄逸瀟灑，簡潔雄健主要表現在議論文章中，飄逸瀟灑則表現在叙事抒情散文中。但他的議論文章比蘇洵明快，而不如蘇洵渾厚，他的抒情叙事文則比蘇軾簡潔，却遠不如蘇軾自由奔放，在「三蘇」中可以媲美于其父而趕不上其兄，在「唐宋八大家」中也祇能和曾鞏同陪末席而難以與其他人比肩爭先。

六國論

蘇轍

題解　這是一篇史論文章，通過史實論述了六國滅亡的原因。作者認爲，六國祇看重眼前的小利，撕毁了相互之間的盟約，齊、楚、燕、趙不去幫韓、魏抵抗秦國，却爭相割地賄賂秦國，導致自身逐漸被削弱，一一被秦國滅掉。

蘇轍

原文　嘗讀六國世家①，竊怪天下之諸侯，以五倍之地，十倍之衆，發憤西向，以攻山西②千里之秦，而不免于滅亡。常爲之深思遠慮，以爲必有可以自安之計；蓋未嘗不咎其當時之士，慮患之疏，而見利之淺，且不知天下之勢也。

夫秦之所與諸侯爭天下者，不在齊、楚、燕、趙也，而在韓、魏之郊，諸侯之所與秦爭天下者，不在齊、楚、燕、趙也，而在韓、魏之野。秦之有韓、魏，譬如人之有腹心之疾也。韓、魏塞秦之衝③，而蔽

吴楚材、吴調侯：此言韓魏爲六國蔽障，爲秦咽喉，深明天下大勢。

山東之諸侯；故天下之所重者，莫如韓、魏也。昔者范雎用于秦而收韓，商鞅用于秦而收魏；昭王未得韓、魏之心，而出兵以攻齊之剛、壽④，而范雎以爲憂。然則秦之所忌者可見矣。秦之用兵于燕、趙，秦之危事也。越韓過魏而攻人之國都，燕、趙拒之于前，而韓、魏乘之于後，此危道也。而秦之攻燕、趙，未嘗有韓、魏之憂，則韓、魏之附秦故也。夫韓、魏，諸侯之障，而使秦人得出入于其間，此豈知天下之勢耶？委區區之韓、魏，以當強虎狼之秦，彼安得不折而入于秦哉？韓、魏折而入于秦，然後秦人得通其兵于東諸侯，而使天下遍受其禍。

夫韓、魏，不能獨當秦，而天下之諸侯，藉之以蔽其西，故莫如厚韓親魏以擯秦。秦人不敢逾韓、魏以窺齊、楚、燕、趙之國，而齊、楚、燕、趙之國，因得以自完于其間矣。以四無事之國，佐當寇之韓、魏，使韓、魏無東顧之憂，而爲天下出身⑤以當秦兵。以二國委秦，而四國休

息于內，以陰助其急。若此，可以應夫無窮，彼秦者將何爲哉？

不知出此，而乃貪疆場⑥尺寸之利，背盟敗約，以自相屠滅，秦兵未出，而天下諸侯已自困矣；至于秦人得間其隙⑦，以取其國，可不悲哉？

吴楚材、吴調侯：此段深著自安之計在知天下之勢。

注釋 ①世家：指《史記》中記述諸侯王的家世興衰的傳記。六國在《史記》中專列「世家」記述。②山西：戰國秦漢時，崤山或華山以西爲山西，即關西，以東爲山東，即關東，也指秦以外的六國。秦國地屬山西。③塞秦之衝：堵塞、阻擋着秦國的軍事要衝。④剛：今山東寧陽。壽：今山東鄆城。皆齊國領地。⑤出身：挺身而出。⑥場：邊界。⑦間其隙：利用六國間的矛盾。

譯文 我讀過《史記》的六國世家，私下裏感到奇怪：天下的諸侯，憑着比秦國大五倍的土地，多十倍的民衆，全心全力向西攻打崤山以西方圓千里的秦國，卻最終不免于滅亡。我常深遠地思考此事，認爲一定有能夠使他們自我保全的計策，因此我總是怪罪那時六國的謀臣，在考慮憂患時疏忽大意，圖謀利益時又目光短淺，而且不瞭解天下的形勢！

秦國要和諸侯爭奪天下的要害，不在齊、楚、燕、趙等地區，而在韓、魏的邊境；諸侯要和秦國爭奪天下的要害，也不在齊、楚、燕、趙等地區，而在韓、魏的邊境。對秦國來說，韓、魏的存在，就好比人的心腹之患。韓、魏兩國阻礙了秦國出入的要道，掩護着崤山東邊的各諸侯國，所以全天下再也沒有比韓、魏更重要的地方了。從前范雎被秦國重用，就征服了韓國，商鞅被秦國重用，又征服了魏國。秦昭王在還沒獲得韓、魏的歸心以前，卻出兵去攻打齊國的剛、壽兩地，范雎卻非常擔憂。那麼秦國忌憚的事情就可以看出來了。秦國對燕、趙出兵，這對秦國是危險的事情；越過韓、魏兩國去攻打別國的國都，燕、趙在前面抵擋，韓、魏就在後面襲擊，這是危險的方式。可是當秦國去攻打燕、趙時，卻不曾有韓、魏會從後面襲擊的顧慮，那是因爲韓、魏歸附了秦國的緣故啊。韓、魏是諸侯各國的屏障，卻讓秦國人在他們之間進出自如，這難道說是瞭解天下的形勢嗎？任由小小的韓、魏兩國，去抵擋強暴如虎狼的秦國，他們怎能不屈服而歸順秦國呢？韓、魏屈服而歸向秦國，于是秦國就可以出動軍隊直達東邊各國，而使天下到處都遭受到他的禍害。

韓、魏無法單獨抵擋秦國，可是全天下的諸侯，卻必須靠着他們去擋住西邊的秦國，所以不如親近韓、魏使他們抵擋秦國，秦國人就不敢越過韓、魏，來圖謀齊、楚、燕、趙四國，然後齊、楚、燕、趙四國，也就可以保全自己了。憑着四個沒有戰事的國家，協助面對強敵的韓、魏，讓韓、魏無東顧之憂，替全天下挺身而出來抵擋秦軍；用韓、魏兩國對付秦國，四國在後方休養生息，來暗中幫助解決急難，像這樣就可以源源不絕地應付下去，秦國還能做些什麼呢？

諸侯們不知道這樣的謀略，卻祇貪圖邊境上些微土地的利益，破壞盟約，自相殘殺，秦國的軍隊還沒出動，天下的諸侯各國就已經將自己消耗困窘了，致使秦國人能夠乘虛而入來奪取他們的國家，怎能不令人感到悲哀？

上樞密韓太尉書

蘇轍

題解　本文爲蘇轍十九歲所作。蘇轍考中進士後，寫了這封自薦信，求見當時管理全國軍事的韓琦。文章沒有阿諛諂媚之態，而是從作文之道着手，將求進之事與文學結合起來，不同流俗，使得韓琦另眼相看。文中提出了實踐對創作具有重要意義的觀點，豐富和發展了我國古代的文學理論。

吳楚材、吳調侯：以養氣冒起一篇大意。

吳楚材、吳調侯：申明文爲氣之所形。非親嘗者不能道此。

吳楚材、吳調侯：意祇是欲求見太尉，以盡天下之大觀，以激發其志氣，卻以得見歐陽公引起求見太尉。以歷見名山大川京華人物，引起得見歐陽公。以作文養氣引起歷見名山大川京華人物，注意在次，而立言在彼，絕妙奇文。

原文

太尉執事：轍生好爲文，思之至深，以爲文者氣之所形①；然文不可以學而能，氣可以養而致。孟子曰：「我善養吾浩然之氣。」今觀其文章，寬厚宏博，充乎天地之間，稱其氣之小大。太史公行天下，周覽四海名山大川，與燕、趙間豪俊交遊，故其文疏蕩②，頗有奇氣。此二子者，豈嘗執筆學爲如此之文哉！其氣充乎其中而溢乎其貌，動乎其言而見乎其文，而不自知也。

轍生十有九年矣。其居家所與遊者，不過其鄰里鄉黨③之人；所見不過數百里之間，無高山大野可登覽以自廣；百氏④之書，雖無所不讀，然皆古人之陳跡，不足以激發其志氣。恐遂汨沒⑤，故決然捨去，求天下之奇聞壯觀，以知天地之廣大。過秦、漢之故都，恣觀終南、嵩、華之高⑥；北顧黃河之奔流，慨然想見古之豪傑；至京師，仰觀天子宮闕之壯，與倉廩、府庫、城池、苑囿之富且大也，而後知

天下之巨麗；見翰林歐陽公，聽其議論之宏辯，觀其容貌之秀偉，與其門人賢士大夫遊，而後知天下之文章聚乎此也。太尉以才略冠天下，天下之所恃以無憂，四夷之所憚以不敢發；入則周公、召公⑦，出則方叔、召虎⑧，而轍也未之見焉。

且夫人之學也，不志其大，雖多而何爲？轍之來也，于山見終南、嵩、華之高，于水見黃河之大且深，于人見歐陽公，而猶以爲未見太尉也。故願得觀賢人之光耀，聞一言以自壯，然後可以盡天下之大觀而無憾者矣。

轍年少，未能通習吏事。向之來，非有取于斗升之祿；偶然得之，非其所樂。然幸得賜歸待選⑨，使得優遊數年之間，將以益治其文，且學爲政。太尉苟以爲可教而辱教之，又幸矣！

注釋

①文者氣之所形：指文章是作者的精神氣質的外在表現。②疏蕩：指文風疏

暢而跌宕有致。③鄰里鄉黨：泛言鄉里。古代以五家爲鄰，二十五家爲里，五百家爲黨，一萬二千五百家爲鄉。④百氏：指諸子百家。⑤汩沒：埋沒，消沉。⑥終南：終南山，在今陝西西安南。嵩：嵩山，在河南洛陽東南。華：華山，在陝西華陰南。⑦周公：名旦。召公：名奭。二人都是周初的輔弼大臣。⑧方叔、召虎：周宣王的大臣。方叔征荆蠻、玁狁有功。召虎曾討平淮夷。⑨待選：等待選派官職。

譯文

太尉執事：我生性喜歡寫作，並經過很深的思考。我認爲文章是由氣形成的，然而文章不是單憑學習就寫得好的，而氣可以通過修養獲得。孟子說：「我善于修養自己的浩然之氣。」今天看他的文章，寬厚廣博，充塞于天地之間，與他氣的大小相稱。司馬遷走遍天下，廣遊四海名山大川，與燕、趙之間的豪傑才俊交遊，因此他的文章疏放不羈，很有奇特之氣。這兩個人，難道靠執筆學習就能寫出這樣的文章嗎？他們的氣充滿在內心而外化于容貌，流動在言語中而表現爲文章，自己卻並未察覺。

我出生已經十九年了，在家鄉所交往的，不過是鄰居鄉里的人。所見到的不過方圓數百里的景物，沒有高山曠野可以登高遠望以開闊自己的視野。諸子百家的書，雖然無所不讀，然而都是古人的陳跡，

韓琦

不足以激發自己的志氣。恐怕就此而被埋沒，因此堅決地離開家鄉，去尋求天下的奇異見聞、雄壯景觀，以便瞭解天地的廣大。經過秦漢故都，縱情觀覽終南山、嵩山、華山的高大；北望奔流的黃河，慷慨激昂地想到了古代的豪傑。到了京城，仰望壯麗的天子宮殿和富庶巨大的糧倉、府庫、城池、園林，然後才知道天下宏偉壯麗的景象。見到翰林學士歐陽公，聽他宏肆雄辯的議論，看他秀美偉岸的容貌，和他的門人賢士大夫交遊，這才知道天下的文章都聚集在這裏。太尉您雄才大略稱冠天下，舉國百姓依靠您而無憂無慮，周邊的少數民族畏懼您而不敢侵犯，進入朝廷像周公、召公一樣德高望重，領兵出征像方叔、召虎一樣勇猛威武，可是我還未見過您。

況且一個人的學習，如果沒有立下大志，即使學得再多又

有什麼用呢？我來到京城，對于山，見到了終南山、嵩山、華山；對于水，見到了深廣的黃河；對于人，見到了歐陽公，而我還沒有見到您啊。所以希望能夠看到賢德的風采，聽到您一句話也足以激勵我，這樣就可以遍歷天下的宏偉景觀而沒有遺憾了。

我還年輕，還沒能全面地見習過政務。先前來京城參加考試，並不是爲了求取一官半職，偶然考中了，也並不是我喜歡的。然而，有幸能夠被准許回家，等待朝廷的選用，使我能夠從容地再學幾年，我將好好地揣摩做文章，而且學習處理政事。太尉如果認爲我還可以教導並且屈尊教導我，那就更使我感到幸運了。

黃州快哉亭記

蘇轍

題解　元豐二年，蘇軾因「烏臺詩案」被貶，蘇轍因上疏替蘇軾辯解也遭到貶謫。與蘇軾同樣謫居在黃州的張夢得于元豐六年在住所西南建了一座亭子，蘇軾將其命名爲「快哉亭」。本文描寫了三個人，即張夢得、蘇軾和作者自己，他們的共同之處是都處于被貶中。文章贊揚了身處逆境時曠達樂觀的精神，也流露出失意和不平之情。

原文　江出西陵，始得平地，其流奔放肆大；南合湘沅，北合漢沔[1]，其勢益張；至于赤壁之下，波流浸灌，與海相若。清河張君夢得，謫居齊安[2]，即其廬之西南爲亭，以覽觀江流之勝；而余兄子瞻名之曰「快哉」。

蓋亭之所見，南北百里，東西一舍[3]，濤瀾洶湧，風雲開闔；晝則舟楫出沒于其前，夜則魚龍悲嘯于其下；變化倏忽，動心駭目，不可久視。今乃得玩之几席之上，舉目而足。西望武昌諸山，岡陵起伏，草木行列，煙消日出，漁夫樵父之舍，皆可指數[4]，此其所以爲快哉者也。至于長洲之濱，故城之墟，曹孟德、孫仲謀之所睥睨[5]，周瑜、陸遜之所馳騖[6]，其風流遺跡，亦足以稱快世俗。

昔楚襄王從宋玉、景差于蘭臺之宮[7]，有風颯然至者，王披襟當之，曰：「快哉此風！寡人所與庶人共者耶？」宋玉曰：「此獨大王

吳楚材、吳調侯：一段弔往古之事以爲快。

吳楚材、吳調侯：反結，更有餘味。前幅握定快哉二字洗發，後幅俱從謫居中生意，文勢汪洋，筆力雄壯。讀之令人心胸曠達，寵辱都忘。

之雄風耳，庶人安得共之！」玉之言蓋有諷焉。夫風無雄雌之異，而人有遇不遇之變；楚王之所以爲樂，與庶人之所以爲憂，此則人之變也，而風何與焉！

士生于世，使其中不自得，將何往而非病？使其中坦然，不以物傷性，將何適而非快？今張君不以謫爲患，收會稽之餘，而自放山水之間，此其中宜有以過人者。將蓬戶瓮牖，無所不快；而況乎濯長江之清流，挹西山之白雲，窮耳目之勝以自適也哉！不然，連山絕壑，長林古木，振之以清風，照之以明月，此皆騷人思士之所以悲傷憔悴而不能勝者。烏睹其爲快也哉！

注釋

①漢沔：漢水和沔水。漢水上遊稱漾水；至陝西沔縣一段又稱沔水；東經褒城，納褒水，始稱漢水。②齊安：舊郡名，即黃州。③一舍：三十里。④指數：指點計算。⑤睥睨：斜視的樣子。此指傲視對方，相互爭雄。⑥馳騖：逐戰。⑦宋玉、景差：楚國以辭賦見長的文學家。蘭臺：楚國宮苑，故址在今湖北鐘祥。

譯文

長江流出西陵峽，開始進入平地，水流變得奔騰浩蕩。南邊與湘水、沅水合流，北邊與漢水、沔水匯聚，水勢顯得更加壯闊。流到赤壁之下，江流滾滾，如海洋一般。清河張夢得，貶官後居住在齊安，在靠近住宅的西南方向建了一座亭子，用來觀賞長江的勝景。我的哥哥子瞻將其命名爲「快哉亭」。

在亭子裏能看到南北上百里、東西三十里。波濤洶湧，風雲多變。白天，船隻在亭前出沒；夜間，魚龍在亭下悲鳴。景色瞬息萬變，令人觸目驚心，不能長時間觀看。現在能在亭中的小桌坐席旁賞玩這些景色，抬起眼來就能看個夠。向西眺望武昌的群山，山脈高低起伏，草木排列成行，烟雲消散，太陽出來，漁夫、樵夫的房舍歷歷可數。這就是把亭子稱爲「快哉」的原因。至于沙洲的岸邊，故城的廢墟，是曹操、孫權爭奪的地方，是周瑜、陸遜率兵馳騁的場所，他們流傳下來的風采和遺跡也足以使世俗之人稱快。

從前，楚襄王讓宋玉、景差跟從遊蘭臺宮。一陣風吹來，颯颯作響，楚王敞開衣襟迎着風，說：

「這風多麼令人暢快啊！這是我和百姓共有的吧？」宋玉說：「這衹是大王的雄風，百姓怎麼能和大王共同享受！」宋玉的話裏大概有諷喻的意味。風並無雄雌之別，而人有際遇的不同。楚王之所以覺得快樂，而百姓之所以感到憂愁，是因爲人的境遇不同，與風又有什麼關係呢？

士人生活在世上，假如他心中不坦然，那麼，到哪裏能沒有痛苦？假使心胸坦蕩，不因爲外界的影響而妨害性情，那麼，到哪裏能沒有快樂？現在，張君不因貶官而感到憂患，在辦完了公務之後，在山水之間盡情遊玩，這大概是因爲他的心胸有超過常人之處。即使是用蓬草編門，以破瓦片做窗，也不會有什麼不快樂的，更何況在清澈的長江中洗浴，面向西山的白雲來觀賞，使耳目飽覽美景而使自己暢快呢？如果不是這樣，連綿的峰巒，深陡的溝壑，大片的森林，參天的古木，清風吹拂，明月高照，這些都是使失意文人感到悲傷憔悴而難以忍受的景物，哪裏看得出這是能使人快樂的呢？

作者簡介

曾鞏（一〇一九年—一〇八三年），字子固，宋建昌南豐縣（今江西南豐）人，官宦世家出身。仁宗嘉祐二年中進士，初任太平州（今安徽當塗）司法參軍。嘉祐五年入京

編校史館書籍，歷館閣校勘、集賢校理。爲英宗實録檢討官。後曾鞏自求外任，任地方官十二年。元豐四年，遷史館修撰，兼判太常寺，主修五朝國史。拜中書舍人。

曾鞏爲地方官時，頗有治績，爲人所稱道。但他的主要成就還是在文學創作上。他能詩善文，與歐陽修等一起爲宋代的詩文革新運動做出了傑出的貢獻，成爲「唐宋八大家」之一。著有《元豐類稿》五十卷，《續元豐類稿》四十卷，《外集》十卷。可惜後兩種在南宋時已散失，衹有《元豐類稿》存世。另有史學著作《隆平集》。

寄歐陽舍人書

曾鞏

題解 歐陽修爲曾鞏的祖父撰寫了墓志銘，本文即是曾鞏爲表示感謝而寫給歐陽修的信，充分體現了曾鞏文紆徐、簡奥的特色，被公認爲是曾鞏最有代表性的一篇作品。

原文 去秋人還，蒙賜書，及所譔先大父墓碑銘[1]，反覆觀誦，感與慚並。

夫銘志[2]之著于世，義近于史，而亦有與史異者。蓋史之于善惡

吴楚材、吴調侯：三句，是一篇綱領。

無所不書；而銘者，蓋古之人有功德、材行、志義之美者，懼後世之不知，則必銘而見③之；或納于廟，或存于墓，一也。苟其人之惡，則于銘乎何有？此其所以與史異也。其辭之作，所以使死者無有所憾，生者得致其嚴④。而善人喜于見傳⑤，則勇于自立；惡人無有所紀⑥，則以愧而懼。至于通材達識，義烈節士，嘉言善狀，皆見于篇，則足爲後法。警勸之道，非近乎史，其將安近？

吴楚材、吴調侯：銘以人重，此句爲通篇關鍵。

及世之衰，人之子孫者，一欲褒揚其親，而不本乎理；故雖惡人，皆務勒⑦銘以誇後世。立言者既莫之拒而不爲，又以其子孫之請也，書其惡焉，則人情之所不得⑧，于是乎銘始不實。後之作銘者，當觀其人。苟托之非人，則書之非公與是，則不足以行世而傳後。故千百年來，公卿大夫至于里巷之士，莫不有銘，而傳者蓋少；其故非他，托之非人，書之非公與是故也。

吴楚材、吴調侯：此以見必畜道德而能文章者，而後可以爲。

然則孰爲其人，而能盡公與是歟？非畜道德⑨而能文章者，無以爲也。蓋有道德者之于惡人，則不受而銘之，于衆人則能辨焉。而人之行，有情善而跡非，有意奸而外淑⑩，有善惡相懸⑪而不可以實指，有實大于名，有名侈⑫于實；猶之用人，非畜道德者，惡⑬能辨之不惑，議之不徇⑭？不惑不徇，則公且是矣！而其辭之不工，則世猶不傳，于是又在其文章兼勝焉。故曰：非畜道德而能文章者，無以爲也。豈非然哉！

然畜道德而能文章者，雖或並世而有，亦或數十年或一二百年而有之；其傳之難如此，其遇之難又如此。若先生之道德文章，固所謂數百年而有者也。先祖之言行卓卓⑮，幸遇而得銘，其公與是，其傳世行後無疑也。而世之學者，每觀傳記所書古人之事，至于所可感，則往往衋然⑯不知涕之流落也，況其子孫也哉？況鞏也哉？其追晞⑰祖

吳楚材、吳調侯：並結出自愧意。予固感歐公銘其祖父，寄書致謝，多推重歐公之辭。然因銘祖父而推重歐公，則推重歐公，正是歸美祖父。至其文紆徐百折，轉入幽深，在南豐集中，應推爲第一。

德而思所以傳之之由，則知先生推一賜于鞏而及其三世⑱；其感與報，宜若何而圖之？

抑又思若鞏之淺薄滯拙，而先生進之；先祖之屯蹶否塞以死⑲，而先生顯之。則世之魁閎豪傑不世出之士⑳，其誰不願進于門？潛遁幽抑之士㉑，其誰不有望于世？善誰不爲，而惡誰不愧以懼？爲人之父祖者，孰不欲教其子孫？爲人之子孫者，孰不欲寵榮其父祖？此數美者，一歸于先生！既拜賜之辱㉒，且敢進其所以然。所論世族之次㉓，敢不承教而加詳㉔焉。愧甚，不宣。

注釋

①先大父：已故世的祖父。指曾致使堯，宋太宗太平興國八年（九八三年）中進士，官至吏部郎中。後多遭貶黜，抑鬱而死。銘：墓碑碑文最後的贊頌性文字，多爲韻文。②志：用來記事的書或文章，這裏指記述死者生前事跡的墓志。③見：通「現」，顯現。④嚴：尊敬。⑤善人：道德高尚的人。見傳：被傳誦。⑥紀：通「記」。⑦勒：刻。⑧人情之所不得：意思是不合乎人情。得，符合，相稱。⑨畜道德：道德修養很高。畜，通「蓄」，積蓄。⑩意奸：內心奸詐。⑪淑：美好。⑪善惡相懸：善惡之間的差距懸殊。⑫侈：超過。⑬惡：怎麼。⑭徇：徇私，曲意順從。⑮卓卓：卓越，傑出的樣子。⑯衋然：悲傷痛苦的樣子。⑰晞：仰慕。⑱推一賜：給予一次恩惠。三世：指祖父、父親、自己這三輩人。⑲屯蹶：艱難而不順利。否塞：境遇不好。⑳魁閎：俊偉。豪傑：德行和才能都很出衆的人。不世出：不是每個時代都會出現的傑出人才。㉑潛遁：隱藏、隱居。幽抑：不顯達。㉒辱：敬辭，意思是對對方來說是一種屈辱，對自己來說則是一種榮幸。㉓世族之次：指家族傳承的次序。㉔加詳：仔細地進行審核和考究。

譯文

去年秋天有人回來，承蒙您賜書信給我及爲先祖父撰寫墓碑銘。我反復讀誦，覺得既感慨又慚愧。

銘志之所以能夠著稱于世，是因爲它的意義與史傳相接近，但也有與史傳不同之處。史傳對傳主的善惡都加以記載，而碑銘呢，大概是怕古代功德卓著、德操出衆、志向遠大、道義高尚的人不爲後世所知，所以一定要立碑刻銘來顯揚自己，有的放入家廟，有的放置在墓穴中，其用意是一樣的。如

曾文定

曾鞏，謚文定。

果是個無功業的惡人，又有什麼好銘刻的呢？這就是碑銘與史傳的不同之處。銘文的作用，就是使死者沒有什麼遺憾，生者借以表達哀思和尊敬。行善之人喜歡自己的善行能夠流傳，就發奮有所建樹；惡人沒有什麼可記，因此感到慚愧和恐懼。至于博學多才、見識通達的人，忠義英烈、節操高尚之士，他們的美言善行，都記載在碑銘裏，這就足以成爲後人的榜樣。銘文警世勸誡的作用，不與史傳相近又與什麼相近呢？

到了世風衰微之時，爲人子孫的，一心衹想褒揚他們死去的親人而不顧事理。雖然是惡人，也一定要立碑刻銘以誇耀後世。撰寫銘文的人既不能拒絕不作，又因爲死者子孫的一再請托，如果直書死者的惡行，從人情上講又不應該，因此銘文就開始不眞實了。後代要請人作碑銘者，應當觀察一下作者的爲人。如果所請的人不得當，那麼他寫的銘文必定會不公正，不合乎事實，就不能流傳于世。所以千百年來，儘管公卿以至里巷小民死後都有碑銘，但流傳于世的很少。這沒有別的原因，正是因爲請了不適當的人，撰寫的銘文不公正、不符合事實。

那麼怎樣的人才能做到公正而符合事實呢？不是道德高尚文章高明的人是不能做到的。因爲道德高尚的人是不會接受惡人的請求而撰寫銘文的，對于一般的人也能夠分別善惡。而人們的品行，有內心善良而行爲表現不見得好的，有內心奸惡而外表良善的，有評價懸殊而很難說清楚的，有實際大于名望的，有名不符實的。好比用人，不是道德高尚的人，怎麼能辨別清楚而不受迷惑，議論公正而不徇私情？能不受迷惑，不徇私情，就會公正和實事求是。但是如果辭藻不精美，依然無法流傳，因此就要求他還必須擅長文章。所以說，不是道德高尚而又工于文章的人，是寫不好銘文的，難道不是如此嗎？

但是道德高尚而又善做文章的人，雖然有時會接連出現，也有時幾十年甚至一二百年才有一個。這種人的出現很難，而遇見這種人更加困難。像先生的道德文章，是幾百年中才會出現的。我先祖的言行高尚，幸運地遇上先生您撰寫公正而又實事求是的碑銘，它將流傳當代和後世是無疑的了。世上

的學者，每當閱讀傳記所載古人的事跡，看到感人之處，就常常激動得不覺流下淚來，何況是作爲子孫的呢？又何況是我呢？我追懷先祖高尚的道德而想到之所以能傳之後世的原因，就知道先生惠賜一篇碑銘，恩澤將及于三代。這感激與報答之情，我應該怎樣表達呢？

我又想到，像我這樣淺薄愚陋的人，還受到先生的提拔和鼓勵，像我先祖這樣潦倒不得志而死的人，先生能使他顯揚，那麼世上那些俊偉豪傑之士，他們誰不願意拜倒在您的門下呢？那些潛居山林、窮居退隱之士，他們誰不希望揚名于世呢？好事誰不想做，醜惡的事誰不羞愧害怕？做父親、祖父的，誰不想好好教導自己的子孫？做子孫的，誰不想使自己的父祖榮耀顯揚？這種種好的效果，都應當歸功于先生。我榮幸地得到了您的恩賜，並且冒昧地向您陳述自己心裏的想法。來信所論及的我的家族的輩次，我一定聽從您的教誨而加以研究審核。慚愧之至，書不盡懷。

贈黎安二生序

曾鞏

題解　這篇贈序是曾鞏在治平四年（一〇六七年）受黎、安兩位書生的請求所寫的，黎、安二人是由蘇軾寫信推薦給曾鞏的，他們對曾鞏提出自己寫古文受到當時人們的嘲笑，曾鞏從此事着筆，委婉地告誡兩個人不要怕嘲笑，也不要放棄自己的原則，要敢于堅持自己的主見，走自己的道路。文章反映出了古文運動在宋代經歷的種種鬥爭，其中提到的「道」和「古」，在當時是具有一定的進步意義的。

原文　趙郡[1]蘇軾，予之同年友也[2]。自蜀以書至京師遺予[3]，稱蜀之士曰黎生、安生者[4]。既而黎生攜其文數十萬言，安生攜其文亦數千言，辱[5]以顧予。讀其文，誠閎壯雋偉，善反覆馳騁，窮盡事理；而其材力之放縱，若不可極者也。二生固可謂魁奇特起之士，而蘇君固可謂善知人者也。

頃之，黎生補江陵府司法參軍[6]。將行，請予言以爲贈。予曰：「予之知生，既得之于心矣，乃將以言相求于外邪？[7]」黎生曰：「生與安生之學于斯文，里之人皆笑以爲迂闊[8]。今求子之言，蓋將解惑于里人。」予聞之，自顧而笑。夫世之迂闊，孰有甚于予乎！知信乎

古，而不知合乎世；知志乎道，而不知同乎俗。此予所以困于今而不自知也。世之迂闊，孰有甚于予乎！今生之迂，特以文不近俗，迂之小者耳，患爲笑于里之人。若予之迂大矣，使生持吾言而歸，且重得罪，庸詎止于笑乎⑨？然則若予之于生，將何言哉？謂予之迂爲善，則其患若此；謂爲不善，則有以合乎世，必違乎古，有以同乎俗，必離乎道矣。生其無急于解里人之惑，則于是焉，必能擇而取之。遂書以贈二生，並示蘇君，以爲何如也？

注釋

①趙郡：趙州，今河北趙縣。蘇軾出生于眉州眉山，但祖籍爲趙郡。②同年：同一年考中進士的人。曾鞏與蘇軾同在宋仁宗嘉祐二年（一〇五七年）中進士。③京師：京城，國家的都城。遺：給。④黎生、安生：生平事跡不詳。⑤辱：謙詞，意爲屈尊。⑥江陵：今湖北江陵縣。司馬參軍：宋朝時負責刑法的官員。⑦邪：通「耶」，語氣詞，表示反問語氣。⑧里：古代基本行政單位，此處指故鄉。迂闊：迂腐，不切實際。⑨庸詎：哪裏，難道。

譯文

趙郡的蘇軾，與我是同一年考中進士的朋友。他在蜀地寫了一封信寄給了身在京城的我，向我推薦蜀地的兩個讀書人黎生、安生。沒過多久，黎生攜帶着自己幾十萬字的文章，安生也帶着自己幾千字的文章，屈尊前來訪問我。我看了他們所寫的文章，的確是氣勢磅礴，風格雄偉俊逸，善于縱橫捭闔，對事理的剖析非常透徹。他們的才華和文筆都很好，前途看起來不可限量。這兩個人的確算得上是十分傑出的人才，而蘇軾也確實稱得上是擅長識別人才！

沒過多久，黎生補任爲江陵府的司法參軍。臨行之時，他請我寫篇文章作爲贈別。我對他說：「我從內心覺得對你已經有了深入的瞭解，難道還要再用言語表達出來嗎？」黎生說道：「我與安生學寫古文，家鄉的人們都嘲笑我們，認爲我們迂腐而不切實際。如今請您給我寫篇文章，是希望可以消除家鄉人對我們的錯誤看法。」我聽黎生說了這番話之後，想到了自己的經歷，忍不住發出了笑聲。這個世界上的迂腐之人，還有什麼人能比我更嚴重的呢？衹想着遵守古訓，卻不知道如何迎合當世；衹想着以聖賢之道爲自己的行事原則，卻不明白應該隨波逐流。這便是我爲何到現在還一直處于困頓狀態而不自知的原因啊。這個世界上的迂腐之人，還有誰能比我更厲害？如今你們所謂的迂腐，衹不過是

由于文章與世俗不和，這衹是很微小的一種迂腐罷了，還要爲自己被同鄉嘲笑而擔心。像我這樣的迂腐可是很厲害了。假如你們把我的話拿回去讓人看，恐怕會得到更多更嚴厲的指責，怎麽可能衹是得到一些嘲笑呢？既然如此，我又該向你們説點什麽好呢？假如把我的迂腐看成好的，但是它卻造成了這樣的禍害；説我的迂腐是不好的，可儘管它能夠迎合世人，卻與古訓產生了必然的衝突。如果與流俗相附和之處，就肯定與聖賢之道相背離。我勸你們還是别急着去消除家鄉人們的錯誤看法了，如此就肯定可以在古文和時文、正道和世俗這些方面作出正確的選擇。于是我把這些話寫下來送給兩位，並且把這篇文章拿給蘇軾先生看一看，你們覺得怎麽樣呢？

作者簡介

王安石（一〇二一年—一〇八六年），字介甫，號半山，撫州臨川（今江西臨川）人。曾封舒國公、荆國公，死後追贈舒王，謚文。世稱荆公、舒王、王文公、王臨川。

王安石的散文長于説理，邏輯性强；布局嚴整，文勢跌宕起伏；運筆倔强、峭拔。另一顯著特點是文筆簡潔而用意深長。和其他人的作品比起來，雖然不那麽紆徐揺曳，不那麽含蓄蘊藉，詞句也不那麽講究雕琢錘煉，但更富于一針見血的鋭利和開門見山的明快，這也許和他「務爲有補于世」的實用文學觀和倔强爽直的個性有關，在下面四篇散文作品中我們能看到一些他的風格，也能感受到他還有好發議論、善于聯想的特點。

讀孟嘗君傳

王安石

【題解】齊國的孟嘗君與趙國的平原君、魏國的信陵君、楚國的春申君並稱爲「戰國四公子」，都以招攬賢士聞名于世。本文爲王安石讀《史記》中孟嘗君傳記後所作，批駁世人之定論，寫得短小精悍，是一篇有名的翻案文章。

【原文】世皆稱孟嘗君能得士，士以故歸之，而卒賴其力以脱于虎豹之秦①。嗟乎！孟嘗君特雞鳴狗盗之雄耳，豈足以言得士？不然，擅齊之强，得一士焉，宜可以南面而制秦，尚何取雞鳴狗盗之力哉？雞鳴狗盗之出其門，此士之所以不至也。

吴楚材、吴調侯：陡然一劈。

秦宮狗盜

鷄鳴狗盜之輩出入孟嘗君的門下。

【注釋】①「而卒」句：秦昭王十年（前二九七年），孟嘗君在秦國被囚，他的門客中有善于狗盜者，夜入秦宮，盜得狐白裘，獻給昭王寵姬，寵姬因勸昭王釋放孟嘗君。孟嘗君逃至函谷關時，昭王後悔，派人來追。此時，天色未明，按規定到鷄鳴後才能開關放人進出，又有一門客善于學鷄鳴，騙開關門，孟嘗君得以逃回齊國。

【譯文】世人都稱贊孟嘗君能夠搜羅人才，因此人才都投到他的門下，而他終于因他們出力幫助，得以從虎豹一樣凶殘的秦國逃走。咳！孟嘗君衹不過是鷄鳴狗盜之徒的首領罷了，哪裏稱得上能搜羅人才呢？如果不是這樣，憑借齊國的強大，得到一個眞正的人才，就應該可以南面稱王而制服秦國，還用得着這些鷄鳴狗盜之徒嗎？鷄鳴狗盜之輩出入他的門下，這正

是眞正的人才不去他那裏的原因呀！

同學一首別子固

王安石

【題解】這篇文章是王安石在青年時期所寫的一篇贈別之作，雖然是寫贈別，但是却沒有世俗常見的惜別留念之情。文章明着寫的衹有兩個人，但實際上却有三個人，曾鞏、孫侔兩人雖然平時沒有來往，却有很多相似之處，而且都相互信任，文中指出這正是「學聖人」的共同之處，同時還表達了作者想和兩人建立共同進步、相互勉勵、相互鞭策的君子之誼，早點達到聖賢倡導的最高境界。文章筆法緊湊，開合有度，清人金聖嘆非常欣賞此文，評曰：「此爲瘦筆，而中甚腴。」

【原文】江之南有賢人焉，字子固，非今所謂賢人者，予慕而友之①。淮之南有賢人焉，字正之，非今所謂賢人者，予慕而友之。二賢人者，足未嘗相過②也，口未嘗相語也，辭幣未嘗相接也③。其師若友，豈盡同哉？予考④其言行，其不相似者，何其少也！曰，學聖人而已矣。

學聖人，則其師若友，必學聖人者。聖人之言行豈有二哉？其相似也適然⑤。

予在淮南，爲正之道子固，正之不予疑也。還江南，爲子固道正之，子固亦以爲然。予又知所謂賢人者，旣相似，又相信不疑也。

子固作《懷友》一首遺予，其大略欲相扳⑥，以至乎中庸而後已。正之蓋亦常云爾。夫安驅⑦徐行，轥⑧中庸之庭，而造于其室⑨，捨二賢人者而誰哉？予昔⑩非敢自必其有至也，亦願從事于左右焉爾⑪。輔而進之，其可也。

噫！官有守，私繫合不可以常也⑫，作《同學一首別子固》，以相警且相慰云。

注釋

①慕：仰慕。友：與之交朋友，動詞。②相過：拜訪，交往。③辭：這裏指書信往來。幣：帛，絲織品，這裏指禮品。④考：考察。⑤適然：理所當然的事情。⑥大略：大體上。扳：同「攀」，援引。⑦安驅：穩穩當當地駕車。⑧轥：車輪碾過。⑨造于：到達。⑩昔：昔日。⑪焉爾：罷了。⑫私繫：受到私事的牽挂。合：相聚。

譯文

江南有一位叫子固的賢人，他和現在人們所說的賢人是不一樣的，我敬慕他，還和他成了朋友。淮南也有一位叫正之的賢人，和現在人們所說的賢人也是不同的，我也敬慕他，和他成了朋友。這兩位賢人，他們並沒有來往過，甚至連話都沒說上，更別說互相贈送過禮品。他們的老師和朋友，恐怕不會是一樣的吧？我仔細考察過他們的言行，他們之間的不同之處卻少得可憐啊！應該說，這與他們學習聖人的結果是有關的。學習聖人，那麼這兩個人的老師和朋友，肯定也會學習聖人了。聖人的言行還會不一樣嗎？他們的相似是理所當然的了。

我在淮南的時候，曾經向正之提起子固，正之對我的話毫不懷疑。等到我回到江南，向子固提起正之，子固也對我的話毫不懷疑。于是我知道那些被看作是賢人的人，他們的言行差不多相似，而且相互之間很信任而不猜疑。

子固寫了一篇《懷友》贈給我，他的意思是想互相幫助，一起達到中庸的標準才肯罷休。正之的

秦宮狗盜

鷄鳴狗盗之輩出人孟嘗君的門下。

注釋 ①「而卒」句：秦昭王十年（前二九七年），孟嘗君在秦國被囚，他的門客中有善于狗盗者，夜入秦宮，盗得狐白裘，獻給昭王寵姬，寵姬因勸昭王釋放孟嘗君。孟嘗君逃至函谷關時，昭王後悔，派人來追。此時，天色未明，按規定到鷄鳴後才能開關放人進出，又有一門客善于學鷄鳴，騙開關門，孟嘗君得以逃回齊國。

譯文 世人都稱贊孟嘗君能夠搜羅人才，因此人才都投到他的門下，而他終于因他們出力幫助，得以從虎豹一樣凶殘的秦國逃走。唉！孟嘗君祇不過是鷄鳴狗盗之徒的首領罷了，哪裏稱得上能搜羅人才呢？如果不是這樣，憑借齊國的強大，得到一個眞正的人才，就應該可以南面稱王而制服秦國，還用得着這些鷄鳴狗盗之徒嗎？鷄鳴狗盗之輩出入他的門下，這正是眞正的人才不去他那裏的原因呀！

同學一首別子固

王安石

題解 這篇文章是王安石在青年時期所寫的一篇贈別之作，雖然是寫贈別，但是却没有世俗常見的惜別留念之情。文章明着寫的祇有兩個人，但實際上却有三個人，曾鞏、孫侔兩人雖然平時没有來往，却有很多相似之處，而且都相互信任，文中指出這正是「學聖人」的共同之處，同時還表達了作者想和兩人建立共同進步、相互勉勵、相互鞭策的君子之誼，早點達到聖賢倡導的最高境界。文章筆法緊凑，開合有度，清人金聖嘆非常欣賞此文，評曰：「此爲瘦筆，而中甚腴。」

原文 江之南有賢人焉，字子固，非今所謂賢人者，予慕而友之①。淮之南有賢人焉，字正之，非今所謂賢人者，予慕而友之。二賢人者，足未嘗相過②也，口未嘗相語也，辭幣未嘗相接也③。其師若友，豈盡同哉？予考④其言行，其不相似者，何其少也！曰，學聖人而已矣。

學聖人，則其師若友，必學聖人者。聖人之言行豈有二哉？其相似也適然⑤。

子在淮南，爲正之道子固，正之不予疑也。還江南，爲子固道正之，子固亦以爲然。予又知所謂賢人者，既相似，又相信不疑也。

子固作《懷友》一首遺予，其大略欲相扳⑥，以至乎中庸而後已。正之蓋亦常云爾。夫安驅⑦徐行，轥⑧中庸之庭，而造于其室⑨，捨二賢人者而誰哉？予昔⑩非敢自必其有至也，亦願從事于左右焉爾⑪。輔而進之，其可也。

噫！官有守，私繫合不可以常也⑫，作《同學一首別子固》，以相警且相慰云。

注釋

①慕：仰慕。友：與之交朋友，動詞。②相過：拜訪，交往。③辭：這裏指書信往來。幣：帛，絲織品，這裏指禮品。④考：考察。⑤適然：理所當然的事情。⑥大略：大體上。扳：同「攀」，援引。⑦安驅：穩穩當當地駕車。⑧轥：車輪碾過。⑨造于：到達。⑩昔：昔日。⑪焉爾：罷了。⑫私繫：受到私事的牽掛。合：相聚。

譯文

江南有一位叫子固的賢人，他和現在人們所說的賢人是不一樣的，我敬慕他，還和他成了朋友。淮南也有一位叫正之的賢人，和現在人們所說的賢人也是不同的，我也敬慕他，和他成了朋友。這兩位賢人，他們並沒有來往過，甚至連話都沒說上，更別說互相贈送過禮品。他們的老師和朋友，恐怕不會是一樣的吧？我仔細考察過他們的言行，他們之間的不同之處卻少得可憐啊！應該說，這與他們學習聖人的結果是有關的。學習聖人，那麼這兩個人的老師和朋友，肯定也會學習聖人了。聖人的言行還會不一樣嗎？他們的相似是理所當然的了。

我在淮南的時候，曾經向正之提起子固，正之對我的話毫不懷疑。等到我回到江南，向子固提起正之，子固也對我的話毫不懷疑。于是我知道那些被看作是賢人的人，他們的言行差不多相似，而且相互之間很信任而不猜疑。

子固寫了一篇《懷友》贈給我，他的意思是想互相幫助，一起達到中庸的標準才肯罷休。正之的

觀點也是這樣的。駕着車子穩步前進，經過中庸的門庭最後才能到達室內，這樣的人除了這兩位賢人還有其他人嗎？我過去從來不覺得我會達到中庸的境地，但也願意跟隨在他們身旁努力奔走。在他們的幫助下前進，我能夠達到目的也是不難的。

唉！做官的各有自己的職守，由于個人私事的牽絆，我們之間相聚不是那麽多，作《同學一首別子固》，以這篇文章來相互勸誡，並且互相慰勉吧。

遊褒禪山記

王安石

題解　本文是王安石變法前，任舒州通判時所作的一篇叙議結合的遊記，通過記述他和同伴遊褒禪山的過程，借物言志，生發議論，闡述人生道理，說明若要成就大事業，就要有堅强的毅力，並且有一定的物質條件作爲輔助。

原文　褒禪山①亦謂之華山。唐浮圖慧褒始舍于其址②，而卒葬之；以故其後名之曰「褒禪③」。今所謂慧空禪院者，褒之廬冢也④。距其院東五里，所謂華山洞者，以其乃華山之陽名之也⑤。距洞百餘步，有碑仆道，其文漫滅，獨其爲文猶可識，曰「花山」。今言「華」如「華實」之「華」者，蓋音謬也⑥。

其下平曠，有泉側出，而記遊者⑦甚衆，所謂「前洞」也。由山以上五六里，有穴窈然⑧，入之甚寒，問其深，則其好遊者不能窮也，謂之「後洞」。予與四人擁火⑨以入，入之愈深，其進愈難，而其見愈奇。有怠而欲出者，曰：「不出，火且盡。」遂與之俱出。蓋予所至，比好遊者尚不能十一，然視其左右，來而記之者已少。蓋其又深，則其至又加⑩少矣。方是時，予

吴楚材、吴調侯：通篇借遊華山洞發揮，故先點出洞名。

王安石詩《太湖恬亭》
日落斷橋人獨立，山涵幽樹鳥相依。

吳楚材、吳調侯：借此以喻學之深造。

之力尚足以入，火尚足以明也。旣其出⑪，則或咎其欲出者⑫，而予亦悔其隨之，而不得極乎遊之樂也。

于是予有嘆焉。古之人觀于天地、山川、草木、蟲魚、鳥獸，往往有得，以其求思之深而無不在⑬也。夫夷以近，則遊者衆；險以遠，則至者少。而世之奇偉瑰怪非常之觀，常在于險遠，而人之所罕至焉。故非有志者，不能至也。有志矣，不隨以止也，然力不足者，亦不能至也。有志與力，而又不隨以怠，至于幽暗昏惑，而無物以相⑭之，亦不能至也。然力足以至焉，于人爲可譏，而在己爲有悔；盡吾志也而不能至者，可以無悔矣，其孰能譏之乎？此予之所得也。

予于仆碑，又有悲⑮夫古書之不存，後世之謬其傳⑯而莫能名者，何可勝⑰道也哉！此所以學者不可以不深思而愼取之也。

四人者，廬陵蕭君圭君玉，長樂王回深父，予弟安國平父、安上純父。

注釋

①褒禪山：位于今安徽含山北。②浮圖：來源于梵語，又作佛陀、浮陀，意思是佛、佛塔、和尚，這裏指和尚。慧褒：唐代高僧。舍：居住。址：同「阯」，山脚下。③禪：梵語中「禪那」的省稱，意思是靜思，是佛教徒追求的一種境界。凡與佛有關的事物也被稱爲禪。「褒禪」，即慧褒和尚的意思。④廬：房屋，這裏指居住之地。冢：墳墓。⑤陽：陽光能够照射到的地方，對山來說，南面爲陽。⑥蓋音謬也：作者認爲，既然石碑上刻的字爲「花」，那麼褒禪山的別名「華山」中的「華」字讀音應爲陰平，而不應爲陽平。⑦記遊者：指在洞中題寫名字或詩文留念的人。⑧窈然：深幽昏暗的樣子。⑨擁火：手裏拿着火把。⑩加：更。⑪既：已經。其：語氣詞，無實在意義。⑫咎：歸罪于。⑬無不在：無所不在，意思是說對任何事情都要進行深入思考。⑭相：輔佐，幫助。⑮悲：感慨。⑯謬其傳：指傳聞有誤。⑰勝：盡。

譯文

褒禪山也叫作華山。唐代高僧慧褒開始在這裏建房居住，而死後就葬在這裏。因此，以後

遊褒禪山記　王安石

褒禪山亦謂之華山。唐浮圖慧褒始舍於其址，而卒葬之；以故其後名之曰「褒禪」。今所謂慧空禪院者，褒之廬冢也。距其院東五里，所謂華山洞者，以其乃華山之陽名之也。距洞百餘步，有碑仆道，其文漫滅，獨其為文猶可識，曰「花山」。今言「華」如「華實」之「華」者，蓋音謬也。

其下平曠，有泉側出，而記遊者甚眾，所謂前洞也。由山以上五六里，有穴窈然，入之甚寒，問其深，則其好遊者不能窮也，謂之後洞。余與四人擁火以入，入之愈深，其進愈難，而其見愈奇。有怠而欲出者，曰：「不出，火且盡。」遂與之俱出。蓋余所至，比好遊者尚不能十一，然視其左右，來而記之者已少。蓋其又深，則其至又加少矣。方是時，余之力尚足以入，火尚足以明也。既其出，則或咎其欲出者，而余亦悔其隨之，而不得極夫遊之樂也。

於是余有嘆焉。古人之觀於天地、山川、草木、蟲魚、鳥獸，往往有得，以其求思之深，而無不在也。夫夷以近，則遊者眾；險以遠，則至者少。而世之奇偉、瑰怪、非常之觀，常在於險遠，而人之所罕至焉，故非有志者不能至也。有志矣，不隨以止也，然力不足者，亦不能至也。有志與力，而又不隨以怠，至於幽暗昏惑而無物以相之，亦不能至也。然力足以至焉，於人為可譏，而在己為有悔；盡吾志也而不能至者，可以無悔矣，其孰能譏之乎？此余之所得也。

余於仆碑，又以悲夫古書之不存，後世之謬其傳而莫能名者，何可勝道也哉！此所以學者不可以不深思而慎取之也。

四人者：廬陵蕭君圭君玉，長樂王回深父，余弟安國平父、安上純父。

至和元年七月某日，臨川王某記。

吴楚材、吴調侯：長才屈于下位者，不堪展讀。

人以訛傳訛而無法弄清許多事情的眞實情況，這類事情哪能說得完呢！這就是治學的人不能不深入思考和謹愼擇取的原因。

同遊的四個人是：廬陵的蕭君圭字君玉，長樂的王回字深父，我的弟弟安國字平父、安上字純父。

泰州海陵縣主簿許君墓誌銘

王安石

題解 這篇墓志銘是作者爲一位名叫許平的縣主簿所寫的，許平是一個普通的官吏，作者對他一生壯志難酬、大材小用的悲慘遭遇感到惋惜，針對當時科舉制度埋没人才的現象提出了批評，並且含蓄地指出，許平的不得志與范仲淹的被貶有直接關係。

文章以議論爲主，充分表達了作者的憤懣之情，再加上文章「欲説還休」的寫法，更讓人有一種「言有盡而意無窮」的深沉感慨。

原文 君諱①平，字秉之，姓許氏。余嘗譜②其世家，所謂今泰州海陵縣主簿者也。君既與兄元相友愛稱天下，而自少卓犖不羈，善辨說，與其兄俱以智略爲當世大人所器③。寶元時，朝廷開方略之選，以招天下異能之士，而陝西大帥范文正公④、鄭文肅公⑤爭以君所爲書以薦，于是得召試，爲太廟齋郎，已而選泰州海陵縣主簿。貴人多薦君有大才，可試以事，不宜棄之州縣。君亦常慨然自許，欲有所爲。然終不得一用其智能以卒。噫！其可哀也已。

士固有離世異俗，獨行其意，罵譏、笑侮、困辱而不悔，彼皆無衆人之求而有所待于後世者也，其齟齬⑥固宜。若夫智謀功名之士，窺時俯仰以赴勢物之會，而輒不遇者，乃亦不可勝數。辯足以移萬物，而窮于用說之時；謀足以奪三軍，而辱于右武⑦之國，此又何說哉！嗟乎！彼有所待而不遇者，其知之矣。

君年五十九，以嘉祐某年某月某甲子葬真州之揚子縣甘露鄉某所之原。夫人李氏。子男瑰，不仕⑧；璋，真州司戶參軍；琦，太廟齋郎；琳，進士。女子五人，已嫁二人，進士周奉先、泰州泰興縣

令陶舜元。銘曰：有拔而起⑨之，莫擠而止之。嗚呼許君！而已于斯，誰或使之？

注釋 ①諱：古代在提到去世的帝王或尊長的名字之前加「諱」字，表示尊敬。②譜：爲……作家譜。③器：器重。④范文正公：名仲淹，字希文，蘇州吴縣人。爲宋名臣。⑤鄭文肅公：名戩，字天休，蘇州吴縣人。⑥齟齬：這裏指政治意見不合。⑦右武：崇尚武道。⑧不仕：不出來做官。⑨起：使……起。

譯文 這位人君名平，字秉之，姓許。我曾經爲他的家族編過家譜，這個人就是家譜上所寫的現任泰州海陵縣主簿的人。許君著稱于世的是和他哥哥許元的深厚的兄弟之情，他從小的時候就很出衆，不願意被拘束，他還擅長辨析論說，他及其哥哥都很富有智謀才略，當時德高望重的貴人都很器重他們。寶元年間，朝廷開設「方略」的科舉考試科目，希望用這種方式來招納天下的賢才，而陝西大帥范仲淹、鄭文肅都争着把許君的文章推薦給皇上，于是許君才得到了召試的機會，讓他做太廟齋郎，沒過多久就讓他擔任泰州海陵縣主簿。達官貴人都很器重許君，認爲其可以擔任大事，把他的才能拋棄埋沒在州縣任上是很可惜的；許君也常常激昂慷慨地贊嘆自己，想有一番作爲，可惜還沒有得到施展才能的時候就去世了。唉！眞是可悲啊。

士人中本來就有超凡脱俗的人，卻自我率性，遭到世人的謾罵、譏諷、嘲笑甚至輕侮，但是他們雖然困窘受屈卻不悔恨。他們都不像一般人那樣强烈追求功名，卻一心想着流芳于後世。他們肯定是不合時代潮流的。至于那些有智謀、有功名心的士人，他們把握住時機，隨機應變，在各種勢利的場合穿梭，還是不能得到機遇，這樣的人也是不計其數的啊。辯說足以感化萬物，卻在看重遊說的時代遇到冷落；智謀能夠使三軍降服，但是在崇尚武力的國家卻是被鄙視的。又能做什麼解釋呢？唉！對于那些還有期望但是最終卻悔恨的人，大概是悟透了這裏面的道理了吧！

許君陽壽五十九歲，在嘉祐某年某月某日去世，在眞州的揚子縣甘露鄉某處下葬。夫人姓李。兒子叫許瑰，一輩子不做官；許璋，是眞州司戶參軍；許琦，擔任太廟齋郎；許琳，是進士出身。女兒有五個，已出嫁的有兩個，她們分别嫁給進士周奉先和泰州泰興縣令陶舜元。銘文說：既然你得到别人的提拔和起用，就不應該遭受别人的排擠和嫉妒。唉，許君！你一直都擔任這個官職，是誰使你落得如此下場呢？

卷十二 明文

作者簡介

宋濂（一三一〇年—一三八一年），字景濂，號潛溪，浦江（今浙江浦江）人。明朝初年接受明太祖朱元璋的徵聘，任江南儒學提舉，後負責纂修《元史》，官至翰林學士承旨知制誥，爲明朝開國文臣之首。當時朝廷上關于祭祀、朝會、詔諭、封賜的文章，大多由他執筆寫成。晚年辭官回家。因長孫宋慎犯法，全家流放茂州（今四川汶川），在半路上生病死去。宋濂是元末明初著名的散文家。他的散文内容簡潔，善于變化。和他同時的另一位著名散文家劉基曾推許他爲「當今文章第一」。他的文名還遠播國外。著有《宋文憲公全集》。

送天台陳庭學序

宋濂

題解　這篇贈序，先描述川蜀山水之奇以突出遊覽的艱難，認爲遊覽川蜀可以提高陳庭學寫詩的能力，然後惋惜自己不能體會出遊的快樂，再以顔回和原憲的事例說明雖然山水名勝可使人的修養提高，但還有高于「山水之助」的儒道，需要人們苦思冥想去探索其中的奧秘。

吳楚材、吳調侯：提一句，作一篇之冒。

原文　西南山水，惟川蜀最奇。然去中州萬里，陸有劍閣棧道之險①，水有瞿唐灩澦之虞②。跨馬行則竹間山高者，累旬日不見其巔際；臨上而俯視，絶壑萬仞，杳莫測其所窮，肝膽爲之悼栗。水行則江石悍利，波惡渦詭，舟一失勢尺寸，輒糜碎土沈，下飽魚鱉。其難至如此！故非仕有力者，不可以遊；非材有文者，縱遊無所得；非壯強者，多老死于其地；嗜奇之士恨焉！

天台③陳君庭學，能爲詩，由中書左司掾④屢從大將北征，有勞，擢四川都指揮司照磨⑤，由水道至成都。成都，川蜀之要地。揚子雲、司馬相如、諸葛武侯之所居⑥，英雄俊傑戰攻駐守之跡，詩人文士遊眺飲射⑦、賦詠歌呼之所，庭學無不歷覽。既覽必發爲詩，以紀其景

送天台陈庭学序

宋濂

节选自《宋文宪公全集》。

作者简介

宋濂（1310－1381年），字景濂，号潜溪，浦江（今属浙江）人。明初著名文学家，曾被朱元璋誉为"开国文臣之首"，与刘基、高启并称为"明初诗文三大家"。曾奉命主修《元史》，官至翰林学士承旨、知制诰。

西南山水，惟川蜀最奇。然去中州万里，陆有剑阁栈道之险，水有瞿塘、滟滪之虞。跨马行，则篁竹间山高者，累旬日不见其巅际。临上而俯视，绝壑万仞，杳莫测其所穷，肝胆为之掉栗。水行，则江石悍利，波恶涡诡，舟一失势尺寸，辄糜碎土沉，下饱鱼鳖。其难至如此。故非仕有力者，不可以游；非材有文者，纵游无所得；非壮强者，多老死于其地。嗜奇之士恨焉。

原憲

原憲甘居陋室，庭院中蒿草滿地，可是他的志氣很充沛。

物時世之變，于是其詩益工。越三年，以例自免歸，會予于京師⑧；其氣愈充，其語愈壯，其志意愈高；蓋得于山水之助者侈矣。

予甚自愧：方予少時，嘗有志于出遊天下，顧以學未成而不暇；及年壯可出，而四方兵起，無所投足；逮今聖主興而宇內定，極海之際，合爲一家，而予齒益加耄⑨矣！欲如庭學之遊，尚可得乎？

然吾聞古之賢士，若顏回、原憲，皆坐守陋室，蓬蒿沒戶，而志意常充然，有若囊括于天地者，此其故何也？得無有出于山水之外者乎？庭學其試歸而求焉，苟有所得，則以告予，予將不一愧而已也！

吳楚材、吳調侯：收轉庭學一句，下又推開。

吳楚材、吳調侯：應愧字結。先叙遊蜀之難，引起庭學之能遊，是正文。繼叙己之不能遊，與前作反襯。末更推進一步。起伏應合，如峰回路轉，真神明變化之筆。

注釋

①劍閣：今四川劍閣東北大劍山、小劍山之間的棧道，是古代川、陝間的主要通道。棧道：在峭巖陡壁上搭木形成的道路。②瞿唐：長江三峽之一，在今四川奉節東。灩澦：灩澦堆，瞿唐峽口的險灘。③天台：天台府，在今浙江天台。④中書左司掾：中書省下所設左司的屬員。明代中書省下設左右司。⑤都指揮司：軍事指揮機構。照磨：都指揮司下屬官吏，掌文書宗卷。⑥揚子雲：揚雄字子雲，蜀郡成都人，西漢文學家。司馬相如：蜀郡成都人，西漢文學家。諸葛武侯：諸葛亮，官至三國時蜀漢丞相，封武侯。⑦射：射覆，酒令的一種。⑧京師：明初京師應天，即今江蘇南京。⑨耄：年老。

譯文

西南山水，衹有四川境內最奇特。然而那裏與中原相距萬里，陸路有險阻的劍閣棧道，水上有令人憂懼的瞿塘、灩澦。如果騎馬走，那麼竹林遮蔽山高，接連幾十天望不到頂。在上面俯視，萬仞絕壁，茫茫不見谷底，令人膽戰心驚。如果乘船走，那麼江石凶悍鋒利，險惡的波浪，變幻的漩

渦，船有一點尺寸的偏離，就會立即破碎如泥土般沉入水底，喂飽魚鱉。通往四川道路的難度如此之大。所以不是有權有財富的人，不能去遊覽；不是有才能擅長抒發的人，即使遊了也說不出什麼；不是強壯的人，入川後多老死在那裏；愛好奇山異水的人往往因爲這些原因而感到遺憾。

浙江天台的陳庭學，能寫詩，因爲做中書左司掾，多次跟從大將北征，因有功績，陞四川指揮司照磨，從水路到成都。成都，是川蜀要地。揚雄、司馬相如、諸葛亮居住的地方，古代英雄豪俊戰爭駐守的遺跡，詩人文士登臨眺望飲酒賦詩的地方，庭學沒有不遊覽的，遊覽後一定賦詩抒情，來記錄景物和時世的變化。于是他的詩越發工妙了。過了三年，按慣例辭職歸家，在京城遇見我。他士氣更充實，言談更壯，志氣更高，大概于山水中得到了許多幫助。

我很慚愧，我年輕時，曾立志出遊天下，因學業未成而無暇顧及。到壯年可以出遊，而四方戰火紛飛，沒有落腳之處。直到現在聖明天子興起而天下太平，四海之內都合成爲一家了，可是我也已年老力衰，想像庭學一樣去遊歷，還能做到嗎？

然而我聽說古代的賢士，像顏回、原憲，都甘居陋室，庭院中蒿草滿地，可是他們的志氣很充沛，有囊括天地的胸懷。這是什麼原因呢？莫非他們的心中有出自于山水之外的東西嗎？庭學回去後試着從這方面尋找，如果有新的收獲，請來告訴我，我也將不因未遊歷川蜀而羞愧了。

閱江樓記　宋濂

【題解】這是一篇應制文。明太祖在獅子山修築了一座閱江樓，宋濂奉命爲此樓寫了這篇記文，目的是「寓其致治之思」。文中提出了許多規諫君主勵精圖治的箴言，但因是奉命而作，也充滿了大量歌功頌德的贊美的言辭。本文寫景、叙事和議論結合得比較巧妙，結構安排合理。

【原文】金陵爲帝王之州。自六朝迄于南唐，類皆偏據一方，無以應山川之王氣。逮我皇帝，定鼎①于茲，始足以當之。由是聲教所暨②，罔間朔南③；存神穆清，與天同體；雖一豫一遊，亦可爲天下後世法。京城之西北，有獅子山，自盧龍蜿蜒而來；長江如虹貫，蟠繞其下。上以其地雄勝，詔建樓于巔，與民同遊觀之樂，遂錫嘉名爲「閱江」云。

吴楚材、吴調侯：登高一呼，氣勢雄闊。

登覽之頃，萬象森列；千載之秘，一旦軒露；豈非天造地設，以俟大一統之君，而開千萬世之偉觀者歟？當風日清美，法駕④幸臨，昇其崇椒⑤，憑闌遥矚，必悠然而動遐思。見江漢之朝宗⑥，諸侯之述職，城池之高深，關阨⑦之嚴固，必曰：「此朕櫛⑧風沐雨，戰勝攻取之所致也。」中夏之廣，益思有以保之。見波濤之浩蕩，風帆之上下，番⑨舶接跡而來庭，蠻琛聯肩而入貢，必曰：「此朕德綏威服，覃⑩及内外之所及也。」四陲之遠，益思有以柔之。見兩岸之間，四郊之上，耕人有炙膚皸⑪足之煩，農女有捋桑行饁⑫之勤，必曰：「此朕拔諸水火，而登于袵席⑬者也。」萬方之民，益思有以安之。觸類而思，不一而足。臣知斯樓之建，皇上所以發舒精神，因物興感，無不寓其致治之思，奚止閲夫長江而已哉！彼臨春、結綺⑭，非不華矣；齊雲、落星⑮，非不高矣；不過樂管弦之淫響，藏燕、趙之艷姬，不旋踵間而感慨繫之。臣不知其爲何説也？

吴楚材、吴調侯：前從閲字上注想，此又從江字上點綴，筆無滲漏。

白涌碧翻

白波洶涌、碧浪翻騰。

雖然，長江發源岷山⑯，委蛇⑰七千餘里而入海，白湧碧翻；六朝之時，往往倚之爲天塹。今則南北一家，視爲安流，無所事乎戰爭矣。然則果誰之力歟？逢掖⑱之士，有登斯樓而閲斯江者，當思聖德如天，蕩蕩難名，與神禹疏鑿之功，同一罔極；忠君報上之心，其有不油然而興耶？臣不敏，奉旨撰記。欲上推宵旰⑲圖治之功者，勒諸貞珉⑳。他若流連光景之辭，皆略而不陳，懼褻也。

注釋

①定鼎：傳説禹鑄九鼎象徵天下九州島之土。

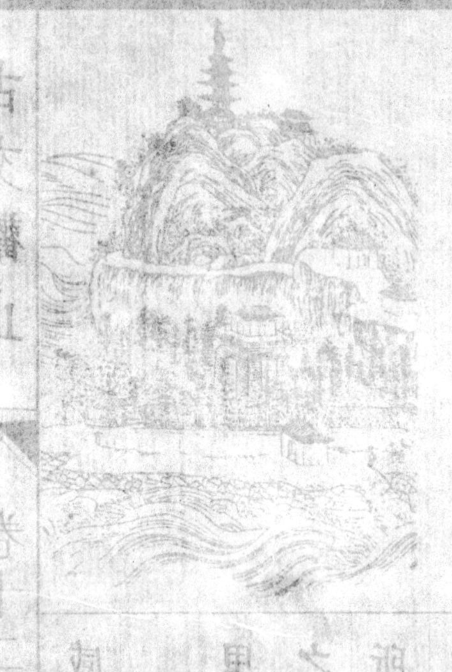

古代以鼎爲傳國之寶，置于國都，故往往稱建都爲定鼎。②曁：及，到。③罔間：無間隔。朔南：北方與南方。④法駕：天子車駕。⑤椒：山巔。⑥朝宗：原指諸侯朝見天子，這裏借指江河入海。⑦阸：通「隘」，險要的地方。⑧櫛：梳頭。⑨番：指外國。⑩覃：延長。⑪皸：凍裂。⑫饁：給田間耕作的人送飯。⑬衽席：床席。⑭臨春、結綺：南朝陳後主所建的樓，隋軍攻入南京時，盡焚于火。⑮齊雲：唐代在今江蘇吴縣所建，明太祖攻占長江，吴王張士誠群妾在此焚死。落星：三國時孫吴在今江蘇江寧東北落星山上所建樓。⑯岷山：在今四川北部。⑰委蛇：通「逶迤」。⑱逢掖：古代讀書人穿的一種袖子寬大的衣服。⑲宵旰：宵衣旰食。旰，晚。⑳珉：似玉的石頭。

譯文

金陵是適合帝王居住的地方。從六朝到南唐，全是割據偏安，無法與山川所蘊藏的王氣相適應。直到當今皇上，開國建都于此，才得以與此地王氣相當。從此聲威教化傳至各地，不因地分南北而有所阻隔；精神和穆清高，與天地融爲一體。即使一次巡遊、一次娛樂，也可以爲天下後世效法。京城的西北方有座獅子山，是從盧龍山彎曲延伸到這裏。長江有如一條長虹盤繞在山腳下。皇上因爲這一帶地勢雄偉壯麗，下詔在山頂建樓，與百姓同享遊覽觀景的快樂，于是賜它一個美名叫「閱江」。

登上樓四處觀賞，萬千景色次第羅列，千年奥秘，頃刻間一下顯露。這難道不是天地有意造就了美景，以等待一統天下的明君，展現千秋萬世的壯麗景色嗎？風和日暖時，皇上的車駕降臨，登上山巔，憑欄遠眺，必定神情悠悠而觸動神思。看見長江漢江滔滔東去，四方長官赴京朝見天子，看到高深的城池，嚴防的關隘，必定説：「這是我櫛風沐雨，戰勝敵人、攻城取地所獲得的啊。」幅員廣闊的中國，更想要想辦法來保全它。看見波濤浩蕩，帆船來往，外國船隻載着珍寶相繼前來進貢，必定説：「這是我用恩德安撫、以威力震懾，聲望延及國內外所達到的。」四方廣闊的邊境，更想到要設法安撫它們。看見大江兩岸之間、四郊田野之上，耕田的人們被烈日烘烤皮膚、被寒氣凍裂腳趾，農家婦女有采桑送飯的勤勞，必定説：「這是我從水火中拯救，安置于床席之上的人啊。」天下萬方的百姓，更要想辦法讓他們安居樂業。從這些方面類推，還會想到許多。由此我知這座樓的興建，是皇上用來抒發懷抱，通過觀景而觸發感慨，無不寄寓着他治理天下的思考，哪裏是僅僅用它來觀賞長江的風景呢？臨春閣、結綺閣那些樓閣，不是不華美啊，齊雲樓、落星樓那樣的樓，不是不高大啊，但不過是因爲

演奏了淫曲而感到快樂，或藏匿着從燕、趙等地搜羅來的美女以供尋歡。但轉瞬之間便國破家亡而令人感慨無窮了，我眞不知怎樣來評說這些事啊。

雖然這樣，長江發源于岷山，曲折蜿蜒七千餘里才流入東海，白波洶湧、碧浪翻騰，六朝之時，往往將它倚爲天然壕塹。如今已是南北統一，長江被視爲平安河流，不再利用它的條件進行戰爭了。然而，這究竟是誰的力量呢？讀書人有登上此樓觀覽此江的，應當想到聖主的恩德有如蒼天，浩蕩無盡難以形容，如同大禹鑿山疏水拯救萬民的功績。忠君報國的心情能不油然而生嗎？

我愚鈍不明，奉皇上旨意撰寫這篇閱江樓記，想要推求皇上晝夜辛勞使國家得到治理的功業，銘刻于碑石。其他如流連光景的詞句，一概略而不言，唯恐褻瀆聖明啊。

作者簡介

劉基（一三一一年—一三七五年），字伯温，處州青田（今屬浙江）人。元代末年中進士，當過官，但兩次離職。朱元璋起兵後，他當了主要謀臣，是明朝開國功臣，曾任御史中丞兼太史令，封誠意伯。他是民間傳説中的一個神秘人物。從他留有的詩文來看，

劉基

他是一個很優秀的文學家，尤其是寓言《郁離子》寫得很機智幽默，文采飛揚。下面兩篇作品都出自《郁離子》，讀上去頗有屈原、莊子的韵味。

司馬季主論卜

劉基

題解　本文是《郁離子》一書中「天道」的一章，通過描寫漢初邵平與卜者司馬季主的對話，選取常見的事物，以盛衰的對比來説明抽象的哲理，闡述了有進步意義的「人靈于物」的思想，也表達了世間萬物和人生皆有盛衰且循環轉化無窮無盡的觀點。

原文　東陵侯①既廢，過司馬季主②而卜焉。季主曰：「君侯何卜也？」東陵侯

吳楚材、吳調侯：金玉其外，敗絮其中，映內外意。

季主于是說：「唉！天道與什麼人親近？衹照應有德之人。鬼神怎麼會靈？靠着人事才顯靈。著草不過是幾莖枯草，龜甲也不過是幾塊枯骨，都是物。人比物靈，爲什麼不聽從自己，卻相信物呢？而且，您爲什麼不想想過去呢？有過去才會有今天。所以，您看那些碎瓦壞牆，就是從前的歌樓舞館；那些荒棘斷梗，就是從前的瓊花玉樹；在風露中哀鳴的蟋蟀和蟬，就是從前的鳳笙龍笛；鬼火螢光，就是從前的金燈華燭；秋天的苦菜，春天的薺菜，是從前像白駝峰那樣的美味；紅的楓葉和白的荻草，就是從前的蜀產美錦，齊制細絹。過去沒有的現在有了，並不爲過；過去有的現在沒有了，也不爲不足。所以從白晝到黑夜，花開了又謝；從秋天到春天，凋零的萬物又復蘇。激流之下，必有深潭；高高的山嶺下，必定有深深的峽谷。這些道理您已經懂得了，何必還要占卜呢？」

賣柑者言

劉基

題解　本文選自《誠意伯文集》，是一篇寓言體的諷刺文章。作者假托杭州賣柑者的一番議論，形象地諷刺了封建官僚們尸位素餐、欺世盜名，卻沒有能力治理好國家的本質。文筆犀利尖銳，達到了很好的諷刺效果。

原文　杭有賣果者，善藏柑，涉①寒暑不潰，出之燁然，玉質而金色②；置于市，賈十倍，人爭鬻③之。

予貿④得其一，剖之，如有煙撲口鼻，視其中，乾若敗絮⑤。予怪而問之曰：「若所市于人者，將以實籩豆⑥、奉祭祀、供賓客乎？將衒外以惑愚瞽乎？甚矣哉，爲欺也⑦！」

賣者笑曰：「吾業是有年矣，吾賴是以食吾軀。吾售之，人取之，未聞有言，而獨不足子所⑧乎？世之爲欺者不寡矣，而獨我也乎？吾子未之思也⑨。今夫佩虎符、坐皋比者⑩，洸洸乎干城之具也⑪，果能授孫、吳之略耶⑫？峨大冠、拖長紳者⑬，昂昂乎廟堂之器也⑭，果能建伊、皋之業耶⑮？盜起而不知禦，民困而不知救，吏奸⑯而不知禁，法斁⑰而不知理，坐糜廩粟而不知恥⑱。觀其坐高堂、騎大馬，醉醇醴而飫肥鮮者⑲，孰不巍巍乎可畏，赫赫乎可象也！又何往而不金玉其

吳楚材、吳調侯：結出立言之旨。青田此言，爲世人欺世盗名者發，而借賣柑影喻。滿腔憤世之心，而以痛哭流涕出之。士之金玉其外，而敗絮其中者，聞賣柑之言，亦可以少愧矣。

外、敗絮其中也哉！今子是之不察⑳，而以察吾柑！」

子默然無以應。退而思其言，類東方生滑稽之流㉑，豈其忿世嫉邪者耶㉒？而托于柑以諷耶？

孫武子

注釋

①涉：經歷。②「出之」句：形容柑的色澤滋潤澄黃。③鬻：這裏是買的意思。④貿：用錢買。⑤敗絮：破舊的棉絮。⑥實：放在籩豆裏的東西叫實。籩豆：古代祭祀或宴會時，盛果品等物的竹器叫籩，盛肉食等物的木器叫豆。⑦「將衒」二句：你這種騙人的勾當，太過分了！⑧子所：你的需要。子是對對方的尊稱；所是所需的省略。⑨「吾子」句：您沒有去考慮這個道理啊。

⑩虎符：虎形的兵符。兵符是古代調兵用的憑證。皋比：虎皮。⑪洸洸：威武的樣子。干城：捍衛。⑫孫、吳：指古代著名的軍事家孫武和吳起。⑬峨：高聳。紳：古代士大夫束在腰間的帶子。⑭昂昂：高貴的樣子。廟堂：宗廟朝堂。這裏指朝廷。⑮伊、皋：指古代著名的政治家伊尹和皋陶。⑯奸：狡詐。⑰斁：敗壞。⑱坐：白白地。縻：浪費。廩粟：公家發給的米糧。⑲醇醴：味道純厚的甜酒。飫：飽食。⑳「今子」句：現在您不去察看這兩種人。㉑東方生：指東方朔，字曼倩，漢武帝時爲太中大夫，善辭賦，性詼諧。皇帝犯有過錯，他能進行諷諫。滑稽：詼諧，機智，使人發笑後有所啓發。㉒忿世嫉邪：對世事表示憤慨，對邪惡表示憎恨。

譯文

杭州有個賣水果的人，很會貯藏柑子，經過一冬一夏也不腐爛，拿出來依然光澤鮮亮，玉石般的質地，黃燦燦的顏色。拿到市場上賣，售價高出十倍，人們都爭着買。

我買了一個，把它剖開，好像有烟塵撲向口鼻，往裏面看，乾枯得像破棉絮一般。我很奇怪，問他說：「你賣柑子給別人，是準備用它裝在盛祭品的容器中，供奉神靈、招待賓客呢？還是要用它漂

亮的外表來迷惑傻瓜和瞎子呢？這樣騙人也太過分了啊！」

賣柑子的人笑着說：「我賣這種柑子已經許多年了。我靠它養活自己。我賣它，別人買它，從未聽見有說什麼的，卻唯獨不能令您滿意嗎？世上騙人的事不少，難道就我一個嗎？您不想想看，當今那些佩帶兵符、坐在虎皮椅子上的，威風凜凜，好像是捍衛國家的人才，他們眞的像孫武、吳起那樣有韜略嗎？那些峨冠博帶的大臣，神氣活現，好像國家的棟梁，他們眞的能夠建立伊尹、皋陶那樣的功業嗎？盜賊興起不懂得怎樣抵擋，百姓貧困卻不知道如何解救，官吏狡詐卻無法禁止，法度敗壞卻不知該怎樣治理，白耗國家的倉糧卻不知道羞恥。看他們坐在高敞的廳堂上，騎着高頭大馬，喝足了美酒，吃飽了魚肉，哪一個不是龐然大物令人生畏，威嚴顯赫不可一世呢？可是他們又何嘗不是外表像金玉、內裏像破絮呢？現在您對這些視而不見，卻來挑剔我的柑子！」

我沉默着，無以回答。回來再細想他的話，覺得他好像是東方朔一類的人物，難道他是對世事邪惡表示憤慨嫉恨的人嗎？他是借柑子來進行諷刺嗎？

作者簡介

方孝孺（一三五七年—一四〇二年），字希直，一字希古，人稱正學先生，寧海（今浙江寧海）人。他是宋濂的弟子。洪武二十五年（一三九二年）任漢中府教授。建文帝即位後，他任翰林侍講學士。燕王朱棣舉兵南下，攻入南京，命他起草登基詔書，他擲筆于地，拒不受命。朱棣用「滅九族」來威脅他，他回答說：「雖滅十族，亦不附亂！」結果被殺，除滅九族外，還殺他的學生，以成十族之數，死者達八百七十餘人。他是明初著名的散文家，文風雄健豪放。著有《遜志齋集》。

深慮論

方孝孺

題解

本文主要論述了天道是人的思慮所不能企及的。文中列舉了自秦朝至宋朝開國明君的例子，來證明即使是才智出衆的聖明君主的周密思考也不能確保萬無一失，也無法參透天道。再以古之聖人的事跡說明有遠慮者應「以大德結乎天心」，才能治理好國家。

吴楚材、吴調侯：引秦事一證。

吴楚材、吴調侯：引東漢、魏、晉一證。

解裘賜將
宋太祖關心手下的將領，遣大將全斌征蜀，時冬日天寒，他將自己的裘帽解下送到前綫。

原文

慮天下者，常圖其所難而忽其所易，備其所可畏而遺其所不疑。然而禍常發于所忽之中，而亂常起于不足疑之事。豈其慮之未周與？蓋慮之所能及者，人事之宜然；而出于智力之所不及者，天道也。

當秦之世，滅諸侯，一天下，而其心以爲周之亡在乎諸侯之強耳，變封建而爲郡縣①；方以爲兵革可不復用，天子之位可以世守，而不知漢帝起隴畝之中②，而卒亡秦之社稷。漢懲秦之孤立③，于是大建庶孽而爲諸侯④，以爲同姓之親可以相繼而無變；而七國萌篡弒之謀⑤。武、宣以後⑥，稍剖析之而分其勢，以爲無事矣；而王莽⑦卒移漢祚。光武之懲哀、平⑧，魏之懲漢⑨，晉之懲魏⑩，各懲其所由亡而爲之備；而其亡也，皆出于所備之外。唐太宗聞武氏之殺其子孫⑪，求人于疑似之際而除之⑫；而武氏日侍其左右而不悟。宋太祖見五代方鎮之足以制其君⑬，盡釋其兵權，使力弱而易制；而不知子孫卒困于敵國。此其人皆有出人之智，蓋世之才；其于治亂存亡之幾⑭，思之詳而備之審矣。慮切于此而禍興于彼，終至亂亡者何哉？蓋智可以謀人，而不可以謀天。良醫之子多死于病，良巫之子多死于鬼。彼豈工于活人而拙于活己之子哉？乃工于謀人而拙于謀天也！

古之聖人，知天下後世之變，非智慮之所能周，非法術之所能制；不敢肆⑮其私謀詭計，而唯積至誠、用大德以結乎天心；使天眷其德，若慈母之保赤子而不忍釋。故其子孫，雖有至愚不肖者足以亡

吳楚材、吳調侯：反掉作結，尤見老法。天道爲智力之所不及，然盡人事以合天心，即天亦有可謀處。此文歸到積至誠用大德，正是祈天永命工夫。古今之論天道人事者多，得此乃見透快。

國，而天卒不忍遽亡之，此慮之遠者也。夫苟不能自結于天，而欲以區區之智籠絡當世之務，而必後世之無危亡，此理之所必無者也，而豈天道哉？

注釋

①封建：指分封諸侯，建立封國的制度，也就是分封制。郡縣：秦始皇統一中國後，廢除分封制，建立了由中央直接管理的郡縣制度，加强了中央對地方的控制。②漢帝：指漢高祖劉邦，前二〇六年到前一九五年在位。起隴畝之中：指出身卑賤。③懲：懲戒。④庶孽：妾所生子女，此處泛指親屬。⑤七國萌篡弑之謀：指漢景帝時發生的「七國之亂」。前一四五年，漢初由漢高祖劉邦分封的吳、楚、趙、膠東、膠西、濟南、臨淄等七國起兵造反，不久即被平定。⑥武、宣：指漢武帝、漢宣帝，漢武帝名劉徹，前一四一年到前八七年在位，他在位期間加强了中央集權，削弱了各王國的勢力。漢宣帝名劉詢，爲漢武帝曾孫。⑦王莽：西漢末年權臣，先是以外戚身份掌握朝廷大權，後于八年稱帝，改國號爲「新」。稱帝後進行了一系列改革，但均以失敗告終，並引發了西漢末年的赤眉、緑林大起義，二三年被起義軍所殺。⑧光武：指光武帝劉秀，東漢王朝的建立者，二五年到五七年在位。哀、平：指漢哀帝和漢平帝，西漢末年的兩位帝王。⑨魏：指三國時期的魏國，二二〇年，曹操之子曹丕代漢稱帝，國號魏，建都洛陽。⑩晉：指中國歷史上的西晉王朝，二六五年建立，開國皇帝爲司馬炎，都城洛陽。⑪唐太宗：名李世民，六二六年到六四九年在位。⑫求人于疑似之際而除之：唐太宗在位期間，有人説姓武之女將要取代李氏成爲天下之主，唐太宗想要把所有有嫌疑的人都殺死，後被太史令李淳風勸止。⑬宋太祖：名趙匡胤，北宋開國皇帝，九六〇年到九七六年在位。宋朝建立之後，宋太祖用和平的手段剥奪了武將的兵權，加强了中央集權。五代：指唐朝滅亡後到宋朝建立之前，中國中原地區先後出現的梁、唐、晉、漢、周五個朝代。⑭幾：指細微的跡象。⑮肆：放縱，任意行事。

譯文

考慮天下大事的人，經常考慮困難的問題，而忽略了容易的問題，防備可怕的事情，而不防備沒有引起疑慮的事情。然而禍亂經常產生在那些被忽略的方面和沒有引起疑慮的事情上。是他們考慮得不周全嗎？是因爲他們能想到的都是本該如此的。人的智力所不能涉及的，則是天道。

當初秦國消滅諸侯，統一天下，秦國的統治者認爲周滅亡的原因是諸侯國強大。于是設郡縣而不分封諸侯，認爲這就不用再進行戰爭，天子地位可以世代相傳。卻不知道劉邦在田野間起義，終于滅了秦國。漢初的統治者認爲秦朝孤立無援而滅亡，于是又大量分封子弟親戚，建立諸侯國，以爲各同姓諸侯間的親緣關係可以延續漢的統治而不發生叛變，卻沒有想到七個諸侯國萌發了篡權的陰謀。武帝、宣帝後，逐漸削弱諸侯國的勢力，以爲這就不會有什麼問題了，卻沒有想到王莽最後篡奪了漢朝的皇位。光武帝吸取哀帝、平帝的教訓，魏朝吸取漢滅亡的教訓，晉朝吸取魏滅亡的教訓，都借鑒前朝亡國原因而進行防範。但他們的滅亡卻都來自他們沒有想到要防範的方面。唐太宗聽說會有姓武的人殺戮他的子孫，就把有嫌疑的人都除掉，卻沒有覺察到每天陪伴在他左右的武則天。宋太祖看到五代時期藩鎮勢力過于強大能夠制約中央政權，而解除了武將的兵權，使其勢力弱小而容易控制。卻沒有想到他的子孫受到敵國的侵擾。上述這些開國的統治者都有超人的智慧和蓋世的才華，他們對于治亂存亡考慮得詳盡而防範得謹慎。但是禍亂沒有產生于他們所仔細防範的方面，而是發生于他們沒有防範的方面，導致後來的滅亡。爲什麼會如此呢？原因在于人的智力衹能考慮到人事，卻不能謀劃天

意。好醫生的子女多死于疾病，好巫師的子女多死于鬼祟，難道他們都衹善于治病驅邪去救別人卻不善于救自己的子女嗎？其實是他們可處理人事，卻無法預見天道。

古代的聖人，知道後世的變化不是當時的認知水平能夠考慮周全的，也不是任何當時的方法能夠限制的，所以不敢任憑想象來謀劃算計，衹能是積累誠意運用德治，得到上天的認可，使上天眷顧他的誠心和德行，好像慈母撫養嬰兒那樣不忍心遺棄。因此，雖然他們的子孫中有愚鈍不肖到足以亡國的，而上天卻不忍心讓其立刻滅亡，這才是考慮長遠的人。如果自己不能順應天意，而想以微不足道的個人智慧控制所有事情，以爲這樣就可保長治久安，于理不符，難道還會符合天道嗎？

豫讓論

方孝孺

【題解】本文作者認爲，不能輔助君主防患于未然，而衹能在變亂發生後爲君主自殺的人，是不具備成爲國士的資格的。豫讓不能在智伯貪得無厭時加以勸阻，而在智伯被殺後去刺殺趙襄子不得成功，衹能伏劍自殺，不足以成爲國士。

【原文】**士君子立身事主，旣名知己，則當竭盡智謀，忠告善道，銷**

吴楚材、吴調侯：趙襄子，約韓魏大敗智伯軍，遂殺之，盡滅智氏之族。智伯之臣豫讓，欲爲之報仇。

患于未形，保治于未然，俾身全而主安；生爲名臣，死爲上鬼，垂光百世，照耀簡策：斯爲美也。苟遇知己，不能扶危于未亂之先，而乃捐軀殞命于既敗之後，釣名沽譽，眩世炫俗。由君子觀之，皆所不取也。

蓋嘗因而論之：豫讓臣事智伯[1]，及趙襄子[2]殺智伯，讓爲之報仇，聲名烈烈，雖愚夫愚婦，莫不知其爲忠臣義士也。嗚呼！讓之死固忠矣，惜乎處死之道有未忠者存焉！何也？觀其漆身吞炭，謂其友曰：「凡吾所爲者極難，將以愧天下後世之爲人臣而懷二心者也！」謂非忠可乎？及觀斬衣三躍，襄子責以不死于中行氏[3]，而獨死于智伯，讓應曰：「中行氏以衆人待我，我故以衆人報之；智伯以國士待我，我故以國士報之。」即此而論，讓有餘憾矣！

吴楚材、吴調侯：一段代爲豫讓畫策，信手拈來，都成妙理。所謂扶危于未亂之先，而申國士之報也如此。

段規之事韓康[4]，任章之事魏獻[5]，未聞以國士待之也；而規也、章也，力勸其主從智伯之請，與之地以驕其志，而速其亡也。郄疵[6]之事智伯，亦未嘗以國士待之也；而疵能察韓、魏之情以諫智伯。雖不用其言以至滅亡，而疵之智謀忠告，已無愧于心也。讓既自謂智伯待以國士矣；國士，濟國之士也。當伯請地無厭之日，縱欲荒暴之時，爲讓者正宜陳力就列，諄諄然而告之曰：「諸侯大夫，各安分地，無相侵奪，古之制也。今無故而取地于人，人不與，而吾之忿心必生；與之，則吾之驕心以起。忿必爭，爭必敗；驕必傲，傲必亡。」諄切懇告，諫不從，再諫之；再諫不從，三諫之；三諫不從，移其伏劍之死，死于是日。伯雖頑冥不靈，感其至誠，庶幾復悟；和韓、魏，釋趙圍，保全智宗，守其祭祀。若然，則讓雖死猶生也，豈不勝于斬衣而死乎？讓于此時，曾無一語開悟主心，視伯之危亡，猶越人視秦人之肥瘠也，袖手旁觀，坐待成敗。國士之報，曾若是乎？智伯既死，而乃不勝血氣之悻悻，甘自附于刺客之流，何足道哉！何足道哉！

吳楚材、吳調侯：結處忽與豫讓，無限感慨。此論責豫讓不能扶危于智氏未亂之先，而徒欲伏劍于智氏既敗之後，獨辟見解，從來未經人道破。通篇主意，祇在「讓之死固忠矣」句上。先揚後仰，深得《春秋》褒貶之法。

雖然，以國士而論，豫讓固不足以當矣；彼朝爲仇敵，暮爲君臣，靦然⑦而自得者，又讓之罪人也。噫！

注釋

①豫讓：春秋末年人，曾爲晉國貴族范氏、中行氏家臣，後投奔智伯。在趙、魏、韓三家貴族滅智氏之後，他屢次刺殺趙襄子未遂，伏劍自殺。智伯：春秋時晉國貴族，曾聯合韓、趙、魏三家吞並瓜分了范氏、中行氏的土地，後與趙襄子因土地發生矛盾引起戰爭，被趙、魏、韓所滅並三分其地。②趙襄子：春秋時晉國貴族。③中行氏：複姓中行。春秋時晉國大夫荀林父因掌中行軍，後遂以官爲姓。④段規：韓康的謀臣。韓康：春秋時晉國貴族。⑤任章：魏獻的謀臣。魏獻：春秋時晉國貴族。

方孝孺

⑥郄疵：智伯的家臣。⑦靦然：厚着臉皮的樣子。

譯文

有品節才能的士人樹立品節侍奉君主，既爲知己就應該竭盡智慧和計謀，給予忠告並巧妙引導，消解禍患于沒有形成之際，保障安定在發生動亂之前，才能既保全自身，也使君主平安。這樣，活着作爲名臣，死了也成爲上等的靈魂，光輝照耀史籍，這才是值得稱贊的。倘若遇到了知己，不能在發生變亂之前扶救危險，而祇是在失敗後犧牲生命，以此來沽名釣譽，迷惑世間並誇耀于社會，在君子看來，都是不可取的。

我曾以這樣的看法評論豫讓。豫讓曾是智伯的家臣，當趙襄子殺了智伯，豫讓爲他報仇，聲名顯赫，即使是沒有知識的平民，也沒有不知道他是忠臣義士的。哦！豫讓的死應該算得上忠了，可惜他所選擇的死亡方式還有不忠的地方啊。爲什麼呢？試看他漆身呑炭，向他朋友說：「我所做的都是常人難以做到的事，我將以此來使天下後世做臣子而懷二心的人感到慚愧。」能說這是不忠嗎？但看到他連續跳起三次用劍刺殺趙襄子，趙襄子責問他爲什麼不爲中行氏而死，卻單單爲智伯而死時，豫讓答道：「中行氏像對待普通人那樣對待我，我因此也像普通人那樣回報他；智伯以對待國士的態度待我，

我就用國士的行爲回報他。」就這一點來說，豫讓是有缺陷的。

段規侍奉韓康子，任章侍奉魏獻子，並未聽說曾以國士來對待他們，可是段規和任章都竭力勸說君主依從智伯的要求，用割讓土地來使智伯越來越驕縱，從而加速他的滅亡。郄疵侍奉智伯，智伯也並未以國士來對待他，但是郄疵能覺察出韓、魏的意圖來諫止智伯；雖然智伯沒有采納他的看法而終于滅亡，然而郄疵的智謀和忠告，已經可以使他問心無愧了。豫讓既然認爲智伯以國士對待他，國士就是解救國家危難的人！當智伯索求土地而貪得無厭，縱欲肆暴之時，作爲豫讓，正應該拿出自己的能力履行自己的職責，誠懇地告訴他：「諸侯和大夫都應該安守各自管轄的土地，不應互相爭奪，這是自古以來的規矩。如今無故向別人索取土地，別人不給，就必然使我們心生氣憤；別人給了，就必然使我們心生驕氣。氣憤必定會有爭鬥，爭鬥必然會失敗；驕縱必定會產生傲慢，傲慢就必然會滅亡。」耐心誠懇地勸諫，勸諫不聽，就再一次勸諫，再諫不聽，就第三次勸諫。若三諫仍不從，把那事後的伏劍自殺挪到這個時候來進行。智伯縱然是冥頑不靈，也會被這樣的至誠所感動，很可能會醒悟過來的。就會與韓、魏和好，解除對趙國的圍困，保全智氏的宗族，使其世世延續按時祭祀。如果能這樣，那豫讓就是雖死而猶生的，豈不是勝過斬趙襄子的衣服再自殺嗎？豫讓在那時，從無一句話來開導和提醒君主，眼看着智伯的危險以至滅亡，就像越人看着秦人的貧富一樣，袖手旁觀，坐等勝敗，國士對君主的報答是這樣的嗎？待到智伯已經死了，才壓不住自己憤恨不平的感情衝動，甘心加入刺客之流的行列，這有什麼可稱贊的呢？這有什麼可稱贊的呢？

雖然如此，以國士而論，豫讓固然是承擔不起的。但同那種早上還是仇敵，晚上就成了君臣，並且厚着臉皮而自鳴得意的人相比，他們又成爲豫讓的罪人了。咳！

作者簡介

王鏊（一四五〇年—一五二四年），字濟之，吴縣（今屬江蘇）人，明孝宗弘治年間曾任侍講學士，一度辭官家居。明武宗即位後任文淵閣大學士，曾力主制裁宦官劉瑾。劉瑾控制朝政後，他祇好再次辭官回鄉。劉瑾被殺後，朝廷雖幾次徵召他爲官，但他都没有接受。王鏊不是一個文學家，但舊時代以文取士，當官者多善于作文，尤其是科舉程文，王鏊也不例外，據説當年就有很多國子監生爭相傳誦他的文章。這篇《親政篇》

吳楚材、吳調侯：稽核朝典，融貫古今，而于典復內朝之制，深致意焉。人主親賢士大夫之日多，親宦官宮妾之日少，則上下之情通，而奸僞不得壅蔽矣。誰謂唐、虞之治，不可見于今哉？

心而問之，和顏色而道之。如此，人人得以自盡；陛下雖深居九重，而天下之事燦然畢陳于前。外朝所以正上下之分，內朝所以通遠近之情。如此，豈有近時壅隔之弊哉？唐虞之時，明目達聰，嘉言罔⑭伏，野無遺賢，亦不過是而已！

詔試縣令

國君應勤于政務並與臣下溝通。唐玄宗在位時就曾親自接見縣令，考問治民之策。

唐玄宗

注釋

①閼：堵塞。②刑名：以名分責成行爲。古代有刑名之學。③御史：掌糾劾百官的官員。④鴻臚：明代掌殿廷禮儀的官員。⑤通政司：明朝所設掌管內外章疏的官署。⑥路寢：天子諸侯處理政事的宮室。⑦大司馬：掌全國軍事的最高武官。將軍：大司馬下設有大將軍、車騎將軍、前將軍、後將軍等武官。侍中、散騎：皇帝侍從。⑧穿靴：唐代臣屬上朝必須穿朝靴。⑨三垣：古代分周天恒星爲三垣二十八宿。三垣即太微、紫微、天市。⑩楊士奇：曾任翰林編纂官，修《太祖實録》。成祖永樂初入內閣，經宣宗至英宗朝長期輔政。楊榮：官至文淵閣大學士，歷仕仁宗、宣宗、英宗三朝。⑪蹇義：官至少師，歷仕五朝，熟悉典章制度。夏元吉：官至户部尚書，歷仕五朝，主持財政二十七年。⑫閼：關閉。⑬臺諫：臺官和諫官。臺官指掌糾劾百官的御史臺官員，諫官指諫議大夫、給事中等。⑭罔：通「不」。

譯文

《周易》中的「泰」卦說：「上下溝通就會使志向相同。」「否」卦說：「上下隔閡天下就沒有國家。」如此看來，上情下達，下情上舉，上下一體才可稱爲「泰」。而下情無法上聞，君臣之間被阻隔，國家形同虛設，衹能稱爲「否」了。

所以君臣相通就會吉利，不相通就有危機，自古皆爲此理。然而上下不通的弊病，還沒有像近世這樣嚴重的時候。君臣相見，僅是上朝那很短的時間，君與臣之間，不過以奏章和批復相聯繫，依靠法令和制度維持關係而已。這並不衹是承襲舊例，也是彼此地位的懸殊形成的。爲什麼呢？君臣在奉

天門舉行朝會，一天也不曾廢止，可以說是勤勉了。但殿堂臺階高聳，儀式威嚴顯赫，御史督察百官禮儀，鴻臚卿檢舉不知禮法的人，通政使導引上奏，皇帝衹大略看看，大臣就要誠惶誠恐地謝恩告退。如此，皇帝何嘗處理過一件事，臣屬又何嘗進獻一言呢？這並無其他原因，衹是因爲上下的地位懸殊，就像人們常說的君臣同在朝堂，卻相隔萬里之遥，臣屬即使有話要說，又如何有機會開口呢？

臣以爲，如果想做到君臣相通，不如恢復古代內朝的制度。原來周朝時有三種設朝的制度：設于庫門之外的爲「正朝」，天子在此向臣子咨詢謀劃國事；設在路門之外的爲「治朝」，天子每日在此舉行朝會；設于路門之內的爲「內朝」，又稱「燕朝」。《玉藻》說：「日出時君主上朝，退朝後在路寢聽政。」總之，君主上朝接見群臣，以正上下名分；到路寢處理政事，以通曉遠近的情况。漢朝的制度：大司馬、左右前後將軍、侍中、散騎等官吏，在中朝被接見。丞相以下至六百石俸禄的官員，在外朝被接見。唐朝皇城北面的南三門名爲承天門，每年元旦、冬至，皇帝在這裏接受各國使節的朝賀，這大概就是古時的外朝。它的北面是太極門，西面是太極殿，每月初一、十五，皇帝在此坐朝，這大概就是古時的正朝。再往北面是兩儀殿，皇帝日常在此坐朝處理政事，這就是古時的內朝了。宋朝時，皇帝日常在文德殿聽政，而臣子每五天則在垂拱殿向皇帝請安。每年元旦、冬至和皇帝壽辰的慶典則在大慶殿舉行，皇帝給臣下賜宴，是在紫宸殿或集英殿，進士的考試，就在崇政殿舉行了。侍從以下的官員，每五日有一位上殿朝見，稱爲「輪對」，他必須向皇帝陳述時政的利弊。在內殿引見臣屬，有時給他們賜座，有時免去他們穿朝靴的禮節，大概還延續着三朝的遺風吧。原來天上有三垣，天子以它們爲法。正朝仿效太極，外朝仿效天市，內朝仿效紫微，自古以來就是這樣。

本朝皇帝壽辰、元旦、冬至等大型朝會在奉天殿舉行，相當于古時的正朝。日常在奉天門設朝，相當于古時的外朝。然而內朝偏偏缺失，其實內朝並不缺少，那華蓋、謹身、武英等殿的朝會，不就是古時內朝的遺制嗎？洪武年間如宋濂、劉基，永樂以來如楊士奇、楊榮等，每日在皇帝身邊侍奉，大臣蹇義、夏元吉等人常在便殿奏事應答。那時，難道會產生上下之間被阻隔的弊病嗎？現在內朝還沒有恢復，皇上駕臨日常的朝會後，臣屬們就無門進見了，三座殿高門深鎖，很少有人來到這裏看一看。因而君臣之間被阻隔難以溝通，天下的弊病積累得越來越多。孝宗晚年時，對這一問題深有感觸，屢次在便殿召見大臣，商量議論國事，正要有所作爲，但百姓沒有福氣，沒來得及看到天下大治的好

光景，人們至今還感到遺憾。

願陛下遠法聖明的祖先，向近世學習孝宗的作爲，將近世以來上下阻隔的弊病全部鏟除。除了日常的朝會，再至文華、武英二殿設朝，效法古代內朝的制度。大臣們每隔三天或者五天進宮請安一次，侍從與臺諫各派一名官員輪流上殿奏事對答，各部有事請示裁決，皇帝可根據瞭解的情況做決定，有不好裁決的，就與大臣們面議。經常召見群臣，凡屬謝恩、告辭一類事，都可以上殿陳述啓奏，皇上虛心詢問他們，和顔悅色地引導他們。這樣做，就能人盡其言。陛下雖然深居宮內，但天下之事都能清楚地展現在您的面前。外朝的作用是擺正君臣名分，內朝的作用是溝通遠近情況。這樣做了，難道還會發生近世上下之間被阻隔的弊病嗎？堯舜之時，帝王耳聰目明，好的言論不會被沉埋，偏僻之地也沒有被遺漏的賢人，也不過就像上面所說的而已。

作者簡介

王守仁（一四七二年—一五二八年），字伯安，號陽明，餘姚（今屬浙江）人，弘治十二年（一四九九年）中進士，後任刑部侍郎、兵部主事，因觸怒宦官被貶到貴州當龍場驛丞。後來該宦官被殺，王守仁又當了右僉都御史、南京兵部尚書。王守仁是明代最重要的思想家，他關于「心外無物」的哲學和「致良知」的認識論在後世一直影響着不同的學人，也使得後人對他的評價一直衆口紛紜。作爲一個思想家，散文創作自然是他的副業，他在文字上很下工夫，語言自然清新，主題明白豁朗。他並非一個陳腐的儒師，也不是一個古板的道德家，他的文章中還有「情」有「趣」，因而很多散文名家實際上還比不上他。

尊經閣記

王守仁

題解 稽山書院是宋代由名臣范仲淹創設的著名書院，明嘉靖三年（一五二四年）紹興知府南大吉及山陰縣令吳瀛重修書院，增建「明德堂」、「尊經閣」。王守仁在這裏講學，闡述自己「致良知」的學術觀點，並撰寫了這篇《尊經閣記》。在這篇文章當中，作者集中闡述了自己的學術思想，把書院作爲擴大自己學說影響力的基地，反對當時官學使得讀書人都熱衷于追求名利的弊端，提出講求明倫的古聖賢之學等觀點。

吳楚材、吳調侯：心、性、命三字，爲一篇之綱領。心字又爲三句之綱領。

【原文】

經[1]，常道[2]也，其在于天謂之命，其賦于人謂之性，其主于身謂之心。心也，性也，命也，一也。通人物，達四海，塞天地，亙古今，無有乎弗具，無有乎弗同，無有乎或變[3]者也，是常道也。其應乎感也[4]，則爲惻隱[5]，爲羞惡，爲辭讓，爲是非；其見于事也，則爲父子之親，爲君臣之義，爲夫婦之別，爲長幼之序，爲朋友之信。是惻隱也，羞惡也，辭讓也，是非也，是親也，義也，序也，別也，信也，一也；皆所謂心也，性也，命也。通人物，達四海，塞天地，亙古今，無有乎弗具，無有乎弗同，無有乎或變者也，是常道也。是常道也，以言其陰陽消息之行焉[6]，則謂之《易》[7]；以言其紀綱[8]政事之施焉，則謂之《書》；以言其歌詠性情之發焉[9]，則謂之《詩》；以言其條理節文[10]之著焉，則謂之《禮》；以言其欣喜和平[11]之生焉，則謂之《樂》；以言其誠僞邪正之辯焉，則謂之《春秋》。是陰陽消息之行也以至于誠僞邪正之辯也，一也；皆所謂心也，性也，命也。通人物，達四海，塞天地，亙古今，無有乎弗具，無有乎弗同，無有乎或變者也，夫是之謂六經。六經者非他，吾心之常道也。故《易》也者，志吾心之陰陽消息者也；《書》也者，志吾心之紀綱政事者也；《詩》也者，志吾心之歌詠性情者也；《禮》也者，志吾心之條理節文者也；《樂》也者，志吾心之欣喜和平者也；《春秋》也者，志吾心之誠僞邪正者也。君子之于六經也，求之吾心之陰陽消息而時[12]行焉，所以尊《易》也；求之吾心之紀綱政事而時施焉，所以尊《書》也；求之吾心之歌詠性情而時發焉，所以尊《詩》也；求之吾心之條理節文而時著焉，所以尊《禮》也；求之吾心之欣喜和平而時生焉，所以尊《樂》也；求之吾心之誠僞邪正而時辯焉，所以尊《春秋》也。

吳楚材、吳調侯：三段疏出六經。心性命之論，了然洞達，凡三見而不易一字。斬盡理學葛藤，下乃歸到尊經之意，雲淨水空，絕無凝滯。

吳楚材、吳調侯：一言「志吾心」，即所以爲經。一言「求之吾心」，即所以尊經。分作兩層，說得至平至易。獨探聖賢真種子。

蓋昔者聖人之扶人極、憂後世而述六經也⑬，猶之富家者之父祖，慮其產業庫藏之積，其子孫者或至于遺忘散失，卒困窮而無以自全也，而記籍其家之所有以貽之⑭，使之世守其產業庫藏之積而享用焉，以免于困窮之患。故六經者，吾心之記籍也；而六經之實，則具于吾心，猶之產業庫藏之實積，種種色色，具存于其家；其記籍者，特名狀數目而已。而世之學者，不知求六經之實于吾心，而徒考索于影響⑮之間，牽制于文義之末，硜硜然⑯以爲是六經矣；是猶富家之子孫，不務守視享用其產業庫藏之實積，日遺忘散失，至于窶人丐夫⑰，而猶囂囂然⑱指其記籍，曰：「斯吾產業庫藏之積也！」何以異于是？

嗚呼！六經之學，其不明于世，非一朝一夕之故矣。尚功利，崇邪說，是謂亂經；習訓詁⑲，傳記誦，沒溺于淺聞小見⑳，以塗㉑天下之耳目，是謂侮經；侈淫辭㉒，競詭辯，飾㉓奸心盜行，逐世壟斷，而猶自以爲通經，是謂賊㉔經。若是者，是並其所謂記籍者而割裂棄毀之矣，寧復知所以爲尊經也乎？

越城舊有稽山書院，在臥龍西崗，荒廢久矣。郡守渭南南君大吉㉕，既敷㉖政于民，則慨然悼末學之支離㉗，將進之以聖賢之道，于是使山陰令吳君瀛拓書院而一新之；又爲尊經之閣于其後，曰：經正則庶民興，庶民興斯無邪慝矣㉘。閣成，請予一言，以諗多士㉙。予既不獲辭，則爲記之若是。嗚呼！世之學者，得吾說而求諸其心焉，其亦庶㉚乎知所以爲尊經也矣。

注釋

①經：此處指宣揚儒家思想的書。②常道：真理，永恒存在、不會改變的規律。③或變：變化。或，語氣助詞，無意義。④應：體現。感：情感。⑤惻隱：惻隱之心，同情心。⑥陰陽：古代哲學認爲萬事萬物之中都存在「陰」與「陽」兩個範疇。二者既對立又統一，並因此推動萬物的運動。消息：盛衰，消長，增減。⑦《易》：《周易》，與下文的《書》、《詩》、

《禮》、《樂》、《春秋》被儒家並稱爲「六經」。《書》，即《尚書》。《詩》，即《詩經》。《禮》，即《禮記》。《樂》，已失傳。⑧紀綱：用來提漁網的繩，引申爲綱領、法度。⑨發：闡明，抒發。⑩節文：禮節，儀式。⑪和平：音樂的聲音平和。⑫時：時時，時常。⑬扶：輔佐。人極：綱常，綱紀。⑭記籍：記録在册。貽：留給。⑮影響：影子和回聲，引申爲痕跡。⑯硜硜然：淺陋固執的樣子。⑰至于：表示達到某種程度，以至于。窶人：窮困之人。丐夫：乞丐。⑱囂囂然：驕傲的樣子。⑲訓詁：考據古書的字句音義。⑳没溺：沉迷。小見：淺陋的見識。㉑塗：堵塞。㉒侈：誇大。淫辭：荒謬的言論。㉓飾：遮掩，粉飾。㉔賊：殘害。㉕南君大吉：南大吉，字符善，號瑞泉，著名學者，嘉靖三年出任紹興府知府。㉖敷：布，施。㉗末學：淺薄之學。支離：雜亂繁瑣。㉘斯：就。邪慝：邪惡。㉙諗：規箴，勸告。多士：衆多的賢士，指讀書人。㉚庶：差不多。

譯文

經書中所講的，是永恆不變的眞理，它對于天來說稱爲命數，它賦予給人就稱爲本性，它主宰身體就稱爲精神。精神，本性，命數，是相同的。溝通自身與外物，遍及四海，充塞天地，貫通古今，無處不存在，無處不相同，不會發生變化，所以它是永恆不變的眞理。它體現在人的情感中，就是同情心，就是羞恥心，就是謙讓之心，就是是非之心；體現在人際關係上，就是父子之親，就是君臣之義，就是夫妻之别，就是兄弟之序，就是朋友之信。惻隱之心，羞恥之心，謙讓之心，是非之心，就是親、義、序、别、信，是相同的，都是上面所説的精神、本性、命數。溝通自身與外物，遍及四海，充塞天地，貫通古今，無處不存在，無處不相同，不會發生變化，這就是所謂的不變的眞理。這種不變的眞理，用來解釋陰陽消長的運行規律，就是《周易》；用來闡述綱領政事的施行，就是《尚書》；用來抒發歌詠性情，就是《詩經》；用來彰顯體統禮儀，就是《禮記》；用來宣泄欣喜平和的韻律，就是《樂經》；用來分辨眞僞善惡，就是《春秋》。所以陰陽消長的運行，以至于眞僞善惡的分辨，都是相同的，都是精神、本性、命數。溝通自身與外物，遍及四海，充塞天地，貫通古今，無處不存在，無處不相同，不會發生變化，因此被稱爲六經。六經不是别的，是我們心中永恆不變的眞理。所以《周易》，是記載我們心中陰陽消長的經；《尚書》，是記載我們心中綱領政事的經；《詩經》，是記載我們心中歌詠性情的經；《禮記》，是記載我們心中體統禮儀的經；《樂經》，是記載我們心中欣

喜平和的經；《春秋》，是記載我們心中眞僞善惡的經。君子對待六經，要探求自己心中的陰陽消長而及時遵循其規律，所以會推崇《周易》；探求自己心中的綱領政事而及時施行，所以會推崇《尙書》；探求自己心中的歌詠性情而及時抒發，所以會推崇《詩經》；探求自己心中的體統禮儀而及時彰顯，所以會推崇《禮記》；探求自己心中的欣喜平和而及時宣泄，所以會推崇《樂經》；探求自己心中的眞僞善惡而及時辨明，所以會推崇《春秋》。

或許當初聖人匡扶綱常，爲後世憂慮而編纂六經，就像是富庶之家的祖輩，擔心自己積累下來的那些產業，傳到了子孫手中會被遺忘散失，最後落得窮困而無法自保，于是將家中所有的財物都記錄在冊留給他們，讓他們能夠世代守護這些庫藏中的財物並得以享用，以避免窮困的禍患。所以可以說六經，是我們心中的賬冊；而六經的實際意義，則存在于我們心中，就好像庫藏中實際積累的財物，各種各樣的，都存放在家中；而至于賬冊，衹是記錄了名目和數量而已。而如今學習六經的人，不懂得向自己的內心去探求六經的實際意義，反而僅僅到一些微末的形跡中去尋求，被文字上的細枝末節所束縛，淺陋地認爲那就是六經了；這就像富家子孫，不去守護享用庫藏中實際的財物，一天天地將它們遺失流散，最終變成了窮人乞丐，但是依然傲然自得地指着他的賬冊，說：「這是我庫藏中的財物！」這有什麼不同嗎？

唉！六經的學問不被世人所瞭解已經不是一朝一夕的事了。追逐功利，推崇荒謬的學說，這就叫作混淆經義；學習搜求字句的意思，教授背誦文字，沉溺于膚淺的學說和瑣屑的見解，來蒙蔽天下人的耳目，這就叫作歪曲經文；誇大荒謬的言論，爭相使用花言巧語，掩飾奸邪的心術和卑劣的行徑，橫行世間控制言論，還自認爲通曉六經，這就叫作殘害經義。像這樣的人，連那些所謂的賬冊都撕毀扔掉了，還哪裏知道什麼叫作注重經義？

越城原來有稽山書院，在卧龍崗的西面，已經荒廢很久了。知府渭南南大吉在施政于民之餘，又感慨痛惜近世學風的淺薄雜亂，希望使其重歸聖賢之道，于是讓山陰縣令吳瀛擴建書院使之煥然一新；又在書院之後建了一座尊經閣，說：「經學歸于正道百姓才會振奮，百姓振奮就不會作惡了。」尊經閣建成之後，他讓我寫篇文章，來告誡衆多的讀書人。我既然推辭不掉，就爲他寫了這篇文字。唉！世上的讀書人，如果能夠理解我的主張而在心中多加探求的話，那麼他們也就大致懂得怎樣才是尊奉經文了。

吳楚材、吳調侯：故爲疑詞。跌起自己一段議論。

象祠記

王守仁

題解 傳説上古時期的帝王舜有個弟弟名叫象，象多次想殺死舜，但舜却依然非常愛護弟弟，而且封象爲有鼻國的國君。這篇文章從貴州苗族人爲象修建祠堂談起，指出象之所以能被苗族人紀念，是因爲他在兄長的感化之下棄惡從善。作者據此得出了一個結論：君子必須要修煉自身的品德來感化惡人。

原文 靈博之山①，有象祠②焉。其下諸苗夷③之居者，咸神而祠之④。宣慰⑤安君因諸苗夷之請，新⑥其祠屋，而請記⑦于予。予曰：「毁之乎，其⑧新之也？」曰：「新之。」「新之也，何居乎⑨？」曰：「斯祠之肇⑩也，蓋莫知其原⑪。然吾諸蠻夷⑫之居是者，自吾父、吾祖溯曾高而上⑬，皆尊奉而禋祀⑭焉，舉而不敢廢也⑮。」予曰：「胡然乎⑯？有鼻⑰之祀，唐之人蓋嘗毁之。象之道，以爲子則不孝，以爲弟則傲。斥于唐，而猶存于今；壞于有鼻，而猶盛于兹土⑱也，胡然乎？」

我知之矣：君子之愛若人也，推及于其屋之烏⑲，而况于聖人之弟乎哉？然則祠者爲舜，非爲象也。意⑳象之死，其在干羽既格之後乎㉑？不然，古之驁桀㉒者豈少哉？而象之祠獨延于世，吾于是蓋有以見舜德之至㉓，入人之深，而流澤之遠且久也。

象之不仁，蓋其始焉耳，又烏㉔知其終之不見化于舜也？《書》不云乎：「克㉕諧以孝，烝烝乂㉖，不格㉗奸」，「瞽瞍㉘亦允若」。則已化而爲慈父。象猶不弟㉙，不可以爲諧。進治于善，則不至于惡；不底㉚于奸，則必入于善。信㉛乎，象蓋已化于舜矣！《孟子》曰：「天子使吏治其國，象不得以有爲也。」斯蓋舜愛象之深而慮之詳，所以扶持輔導之者之周也。不然，周公㉜之聖，而管、蔡不免焉㉝。斯可以見象之既化于舜，故能任賢使能而安于其位，澤加于其民，既死而人懷之也。諸侯之卿，命于天子，蓋《周官》㉞之制，其殆㉟仿于舜之封象歟？

譯文

靈博山上有一座爲了紀念象而修建的祠廟。山下居住着很多苗族人，他們都將象當成神一樣來祭祀。擔任宣尉使的安先生，應苗族人的請求，將象祠的房屋重新進行修繕，並且讓我爲其寫一篇「記」來記述這件事情。我問安先生：「是要把祠堂拆掉呢，還是要重新對其進行修整呢？」宣慰使大人說道：「是要重新對其進行修整。」我說：「重新對其進行修整，是爲了什麼呢？」宣尉使大人說道：「這座祠堂是從什麼時候開始建造，可能已經沒有人知道最初的情況了。但是居住在此地的苗族人，從我的父親、祖父，向上追溯到我的曾祖、高祖之前，都對這座祠堂非常的尊敬和信奉，並且誠心誠意地進行祭祀，始終都不敢有所廢止。」我就說道：「爲什麼會這個樣子呢？有鼻那個地方的象祠，早在唐朝就已經被人給毀掉了。而象這個人，身爲別人的兒子卻不孝，身爲別人的弟弟卻傲慢無禮。祭祀象的行爲在唐朝時就已經受到了別人的譴責，這樣的習俗居然一直留傳到了今天；他在有鼻的祠堂被拆毀，但是在此地卻還是很興旺。這是爲什麼呢？」

我明白了！作爲一個君子，愛一個人，就把愛推及這個人屋頂上的烏鴉，況且這個人還是聖王的弟弟！既然如此，那麼修建祠堂是因爲舜，而不是因爲象啊！我估計象的去世，可能是舜用德政感化了有苗族以後的事情吧？假如不是如此，古代那些凶殘暴戾的人難道還算少嗎？但是象的祠堂卻偏偏能夠留傳到現在。我從中能夠感受到舜帝品德的高尚，深入人心的程度，以及恩澤流傳的長遠和悠久。

象的凶殘，大概衹是一開始時是那樣的，我們又怎麼知道他到後來沒有被舜感化呢？《尚書》中不是這樣記載嗎：「舜用自己的孝心讓全家和諧，孝順的德行淳厚質樸，不會讓人去做邪惡的事情。」還說：「舜的父親瞽瞍也的確變得和順了。」如此看來，瞽瞍已經受到舜的感化，變成一個慈祥的父親了；假如這時象對兄長還是不夠尊敬的話，那就不能說是全家都和諧。一直保持上進向善的態度，就不會到邪惡的地步。不往邪路上走，就說明他肯定是向善的。說明象已經被舜的德行感化了，的確是這個樣子啊！《孟子》中說道：「舜派出官員去治理象的封國，是因爲象無法在自己的封地有什麼作爲！」這也許是因爲舜對象愛得很深，而且考慮得非常周密，因此用來扶持和輔導他的方法就非常周到。否則，像周公那樣聖明，他的兄弟管叔和蔡叔卻無法避免身敗名裂。從這一點我們也可以看出象是受到了舜的感化，因此可以任用賢人，穩定地保住自己的地位，將恩澤施加在百姓身上，所以他死了之後，人們對他仍然很懷念啊。諸侯之中的卿，是由天子任命的，這是周朝的制度，這大概是仿照

舜封象而來的吧！

我從此處便可以相信：人的本性應該是善良的，全天下不會有無法被感化的人。既然如此，那麼唐朝人把象的祠堂拆毀，是從象最初的行爲來判斷的；如今苗族人對他進行祭祀，是因爲象後來的行爲令他們敬奉。這個道理，我準備將其對世人説明，讓人們明白：人之不善，哪怕像象一樣，也是可以改正的；君子對自己品德的培養，如能達到極點，就算別人像象那樣殘暴，也是可以感化他的。

瘞旅文

王守仁

題解　本文記述了一個吏目和他的兒子還有僕人三人死在蜈蚣坡下，作者同情他們，便帶着兩個小僕人埋葬了他們，並作祭文祭奠，以此表達了作者自身作爲遊子的思鄉之情和對人生無常、性命不期的悲憤與慨嘆。

原文　維正德四年①秋月三日，有吏目②云自京來者，不知其名氏。攜一子一僕將之任，過龍場③，投宿土苗家。予從籬落間望見之；陰雨昏黑，欲就問訊北來事，不果。明早，遣人覘④之，已行矣。薄午，有人自蜈蚣坡來云：「一老人死坡下，傍兩人哭之哀。」予曰：「此必吏目死矣。傷哉！」薄暮，復有人來云：「坡下死者二人，傍一人坐哭。」詢其狀，則其子又死矣。明日，復有人來云，見坡下積屍三焉。則其僕又死矣。嗚呼傷哉！

念其暴骨無主，將二童子持畚鍤往瘞之⑤。二童子有難色然。予曰：「噫！吾與爾猶彼也！」二童閔然⑥涕下，請往。就其傍山麓爲三坎，埋之。又以隻雞、飯三盂，嗟吁涕洟而告之曰：

嗚呼傷哉！繄⑦何人？繄何人？吾龍場驛丞餘姚王守仁也⑧。吾與爾皆中土之產，吾不知爾郡邑，爾烏乎來爲茲山之鬼乎？古者重去其鄉，遊宦不逾千里。吾以竄逐而來此，宜也；爾亦何辜乎？聞爾官吏目耳，俸不能五斗，爾率妻子躬耕可有也！胡爲乎以五斗而易爾七尺之軀？又不足，而益以爾子與僕乎？嗚呼傷哉！爾誠戀茲五斗而

吳楚材 吳調侯：爲五斗喪身，又益以爾子與僕，言至此爲之淒絕。

吳楚材 吳調侯：先生罪謫龍場，自分一死，而幸免于死。忽睹三人之死，傷心慘目，悲不自勝。作之者固爲多情，讀之者能無淚下！

來，則宜欣然就道，胡爲乎吾昨望見爾容蹙然⑨，蓋不勝其憂者？夫衝冒霜露，扳援崖壁，行萬峰之頂，飢渴勞頓，筋骨疲憊，而又瘴癘侵其外，憂鬱攻其中，其能以無死乎？吾固知爾之必死，然不謂若是其速；又不謂爾子爾僕亦遽然奄忽⑩也！皆爾自取，謂之何哉？吾念爾三骨之無依而來瘞耳，乃使吾有無窮之愴也！嗚呼傷哉！縱不爾瘞，幽崖之狐成群，陰壑之虺⑪如車輪，亦必能葬爾于腹，不致久暴爾。爾既已無知，然吾何能爲心乎？自吾去父母鄉國而來此，三年矣，歷瘴毒而苟能自全，以吾未嘗一日之戚戚也。今悲傷若此，是吾爲爾者重，而自爲者輕也，吾不宜復爲爾悲矣。

歌曰：「連峰際天兮飛鳥不通，遊子懷鄉兮莫知西東。莫知西東兮維天則同，異域殊方兮環海之中。達觀隨寓兮莫必予宮，魂兮魂兮無悲以恫！」

又歌以慰之曰：「與爾皆鄉土之離兮，蠻之人言語不相知兮。性命不可期，吾苟死于茲兮，率爾子僕，來從予兮！吾與爾遨以嬉兮，驂紫彪而乘文螭兮⑫，登望故鄉而噓唏兮！吾苟獲生歸兮，爾子爾僕尚爾隨兮，無以無侶悲兮！道傍之冢累累兮，多中土之流離兮，相與呼嘯而徘徊兮。餐風飲露，無爾飢兮；朝友麋鹿，暮猿與棲兮。爾安爾居兮，無爲厲于茲墟兮！」

注釋

①正德四年：一五〇九年。②吏目：掌管官府文書的低級官吏。③龍場：在今貴州修文。④覘：察看。⑤鍤：鐵鍬。瘞：埋。⑥閔然：憂傷的樣子。⑦繄：句首語氣詞。⑧驛丞：明代所設掌管郵遞迎送的官員。正德二年，王守仁因觸犯宦官劉瑾而貶爲龍場驛丞。餘姚：今屬浙江。⑨蹙然：憂愁的樣子。⑩奄忽：死亡。⑪虺：毒蛇。⑫驂：一車駕三或四匹馬時，兩旁的兩匹馬叫驂。紫彪：紫色斑紋的虎。文螭：有花紋的蛟龍。

譯文

正德四年七月三日，有位據稱從北京城來的吏目，不知道他姓名，帶了一子一僕前去上

王守仁

字伯安，號陽明，明代思想家。

任，路過龍場這個地方，投宿在當地苗人家。我透過籬笆看到他們，那時正下着陰陰的細雨，天色昏暗，我本想拜訪他們問問北方的情況，就沒去成。隔天早上，派人過去看他們，卻已經上路了。將近中午，有人從蜈蚣坡來，說：「有一名老人死在山坡下，旁邊有兩個人哀傷地哭泣。」我說：「一定是那個吏目死了，悲傷啊！」到了傍晚，又有人來說：「山坡底下死了兩個人，一個人坐在那裏哭泣。」詢問具體情況，吏目的孩子又死了。隔了一天，又有人來說：「看到山坡底下堆積了三具屍體。」知道是那個僕人又死了。唉！眞令人哀傷！

我想到他們的屍骨暴露野外、無人收埋，便領着兩名童僕拿着畚箕、鐵鍬前往埋葬他們。起初兩個童僕面有難色，我說：「唉！我和你們就像他們三人啊！」兩個童僕聽完後就哀憐地流下眼淚，請求前往。我們就在那屍骨旁邊的山腳下挖了三個坑，埋葬他們。又準備了一隻鷄、三碗飯祭奠，邊長嘆邊流淚，祭告說：

唉，眞是令人悲傷！你是誰呀，你是誰？我是龍場驛丞餘姚王守仁啊。我和你都是出生在北方文明之地的人，我不知道你是哪一府、哪一縣的人，你爲什麼要來這荒山僻野上做鬼魂呢？古人不輕易離開家鄉，出外做官也不會超出千里之遙。我因被貶遭流放到這兒來，是應該的；你又有何罪過？聽說你的官職不過是吏目，俸祿還不到五斗米，你帶着你的妻兒親自耕種就可以獲得這樣的收入了，爲什麼要用這五斗米的俸祿來換你的七尺之軀呢？這還不夠，又加上你兒子和僕人呢？唉，眞令人悲傷啊！你如果眞是貪戀這五斗米而來，那就應該歡歡喜喜地上路；爲什麼昨天我看到你的時候，卻滿臉愁容、不勝其苦的樣子？頂着風霜雨露，攀援高崖、峭壁，奔走于層層的峰頂上面，飢渴勞苦，筋骨疲憊，加上山中的毒氣從外侵襲，憂鬱的情緒自內攻擊，又怎能不死呢？我本來就知道你必死無疑，卻想不到死得這麼快；更不曾料到你的兒子、僕人也匆匆地死掉了！這些都是你自招不幸，還有什麼好說？我想到你們三具屍骨無依無靠，因而來埋葬你們，卻使我產生了無窮的

悲愴啊！唉，眞令人悲傷啊！即使我不埋葬你們，深崖裏成群的狐狸，陰谷中有大如車輪的毒蛇，也一定能夠把你們吞沒在腹中，不至于讓你們長久曝露于荒野。你們對此當然沒有知覺了，可是我又怎麼能忍心呢？自從我離開父母、家鄉而來到這裏，已有三年；經受瘴氣而能僥幸地保全，這是因爲我未曾有一天憂愁、恐懼啊。今天我如此悲傷，是爲你着想的多，而爲自己設想的少，我不宜再爲你悲傷了！

讓我爲你們唱首歌，請你們聽聽吧！歌唱道：連綿的山峰與天相接啊，鳥也飛不過去。遊子懷念着家鄉啊，不辨東西。不辨東西，衹有蒼天是相同的。身處在他鄉異地啊，也總是在大海的環繞之中。隨遇而安、豁達而看開一切啊，不必非要住在自己家裏。鬼魂哪鬼魂哪，不要悲傷、不要哀痛！

又唱一首歌安慰他們說：我和你們都遠離了家鄉啊，蠻人的語言誰也聽不懂。生死都難以預料，或許我也會死在這個地方，你就帶着你的兒子和僕人，跟隨在我身邊吧！我和你們一同到處遨遊嬉戲，駕着紫彪和文螭，登上高處、眺望故鄉而嘆息悲泣。如果我能夠生還，你的兒子、僕人仍與你相隨，不要因爲沒有伴侶而悲傷。道旁重重叠叠的墳墓啊，大多是從北方流離到這兒的人。你可以和他們結伴呼嘯，在此流連！餐着風飲着露，不會令你們忍渴受飢。從早到晚，可以與麋鹿爲友，和猿猴共同棲息。你就安居吧！不要懷着怨恨在這個地方變成惡鬼害人。

作者簡介

唐順之（一五〇七年—一五六〇年），字應德，武進（今屬江蘇）人，嘉靖八年曾獲會試第一名，當過兵部郎中，曾親自率兵船與倭寇作戰，後來陞任右僉都御史、代鳳陽巡撫，人稱荆川先生。在明代中葉文壇上，他是「唐宋派」的代表人物，所謂「唐宋」其實衹是對抗前後七子「文必秦漢」主張的借口，並不見得他們寫出來的散文都像「唐宋八大家」。唐順之一面主張做文章要直抒胸臆、信手拈來，一面又主張要符合唐宋散文的「開闔首尾經緯錯綜之法」；但從他自己的作品看來似乎還未能把這兩方面融爲一體，倒是模仿唐宋人的口吻、格局這方面較多。從這篇《信陵君救趙論》中可以看出，他的確揣摩了不少宋人的史論，寫得很像蘇軾、王安石等人那種開闔跌宕又標新立異的風格。

吳楚材、吳調侯：一句立案。

信陵君救趙論

唐順之

題解　文章首先論述了信陵君之罪不在竊符，在于心中沒有魏王。信陵君竊符救趙，並不是爲了魏國，更不是爲了六國，而是爲了與他有姻親關係的平原君。因此，信陵君的行爲屬于權臣植黨謀求私利。對于此事，魏王也有因寵幸如姬而疏忽之過。信陵君的做法是結黨營私，魏王則失掉了君王的權力，作者認爲後世應當引以爲鑒。

原文　論者以竊符爲信陵君之罪①，余以爲此未足以罪信陵也。夫強秦之暴亟矣，今悉兵以臨趙，趙必亡。趙，魏之障也；趙亡，則魏且爲之後。趙、魏，又楚、燕、齊諸國之障也；趙、魏亡，則楚、燕、齊諸國爲之後。天下之勢，未有岌岌于此者也。故救趙者亦以救魏；救一國者亦以救六國也。竊魏之符以紓②魏之患，借一國之師以分六國之災，夫奚不可者？

然則信陵果無罪乎？曰：「又不然也。」余所誅者，信陵君之心也。

信陵一公子耳，魏固有王也！趙不請救于王，而諄諄焉請救于信陵；是趙知有信陵，不知有王也。平原君③以婚姻激信陵，而信陵亦自以婚姻之故欲急救趙；是信陵知有婚姻，不知有王也。其竊符也，非爲魏也，非爲六國也，爲趙焉耳；非爲趙也，爲一平原君耳。使禍不在趙，而在他國，則雖撤魏之障，撤六國之障，信陵亦必不救；使趙無平原，或平原而非信陵之姻戚，雖趙亡，信陵亦必不救。則是趙王與社稷之輕重，不能當一平原公子；而魏之兵甲所恃以固其社稷者，祇以供信陵君一姻戚之用。幸而戰勝，可也；不幸戰不勝，爲虜于秦，是傾魏國數百年社稷以殉姻戚！吾不知信陵何以謝魏王也！

夫竊符之計，蓋出于侯生④，而如姬⑤成之也。侯生教公子以竊符，如姬爲公子竊符于王之臥內。是二人亦知有信陵，不知有王也。余以爲信陵之自爲計，曷若以唇齒之勢，激諫于王；不聽，則以其欲死秦

吴楚材、吴調侯：結意凛然。誅信陵之心，暴信陵之罪，一層深一層，一節深一節，愈駁愈醒，愈轉愈刻，詞嚴義正，直使千載揚詡之案，一筆抹殺。

秋》書「葬原仲」、「翬帥師」⑩。嗟夫！聖人之爲慮深矣！

注釋

①符：兵符，是調動軍隊的憑證。信陵君：魏公子無忌，戰國時魏安釐王之弟，當時任魏相，其姐爲趙相平原君夫人。前二五七年，秦攻趙，趙求救于魏，魏王派晋鄙救趙，但又懼怕秦國，按兵不動。信陵君聽從侯嬴之計，通過魏王寵妾如姬竊得兵符，殺晋鄙，與趙國合兵擊敗秦國。②紓：解除。③平原君：趙勝，趙惠文王之弟。④侯生：侯嬴，信陵君門下食客。⑤如姬：魏王寵妾。其父爲人所殺，後信陵君爲她殺仇人，報了父仇。⑥夷門：魏國都城大梁的東門。⑦穰侯：魏冉，秦昭襄王母宣太后之弟，曾任秦國將軍、相國等職。⑧虞卿：戰國時游説之士，趙孝成王時曾任趙相，但他爲了幫助朋友脱險，拋棄相印，與朋友一起逃走。⑨履霜之漸：意思是踩到霜，就知道嚴冬要來了。⑩原仲：陳國大夫。翬：羽父，魯國大夫。宋國等伐鄭，也讓魯國出兵，魯隱公不答應，翬執意請求，帶兵而去。孔子認爲這是目無君主的行爲。

譯文

後世的論者認爲盗竊兵符是信陵君的罪過，我認爲此事並不足以成爲信陵君的罪過。那時秦朝殘暴，氣焰逼人，將所有兵力壓到趙國的邊境上，趙必滅亡。趙國是魏國的屏障，趙國滅亡了，

魏國也會和它一樣。趙、魏兩國又是楚、燕、齊等國的屏障，趙、魏滅亡了，楚、燕、齊等國也會和它們一樣。天下的局勢，没有危險過此時的了。所以救趙，也就是救魏，救一個國家，也就是救六個國家呀。竊魏國的兵符來解救魏國，用一國的兵力化解六國的災難，又有何不可呢？

那麼，信陵君就無罪了麼？可以説：又並非如此。我要責備的，是信陵君的心。

信陵君不過是一個公子，而魏國本是有君王的。趙國不求于魏王，卻再三求救于信陵君，説明趙國心中祇知有信陵君而不知有魏王呀。平原君利用婚姻關係打動信陵君，信陵君也因爲有姻親的原因，希望盡快救趙，這説明信陵君心中祇知姻親的關係而不知有魏王呀。可見，他竊符救趙，並非爲了魏國，也不是爲了六國，祇是爲了趙國而已。其實並非爲了趙國，祇是爲了平原君而已。如果災禍不是發生在趙國，而是發生在其他國家，那麼即使是有損于魏國的屏障，有損于六國的屏障，信陵君也一定不會去救援的。如果趙國没有平原君，或者平原君與信陵君没有姻親的關係，那麼即使趙國即將被滅，信陵君也一定不會去救援的。可見，趙王與國家，對信陵君來説，都不如一個平原君重要，而魏國用來保衛國家的軍隊，也祇用來援救信陵君的一個姻親。幸好是取得了勝利，若不幸戰敗，被秦國俘虜去，相當于

使魏國幾百年的基業毀于一旦，爲了一個姻親殉葬。我不知信陵君該用什麼來向魏王謝罪。

這竊符的計策，是由侯生提出，由如姬執行的。侯生讓信陵君從魏王卧室盗出兵符，這說明他們的心中也祇知信陵君而不知魏王呀。我認爲，信陵君與其爲自己謀劃，不如用唇亡齒寒的形勢，激切地進諫魏王。如果魏王不聽從，就以自己準備與秦軍拼死決戰之心死于魏王面前，魏王必定會感悟的。侯生爲信陵君好，不如見魏王勸其救趙，若不聽，則以爲信陵君死之心，死于魏王前，王必悟。如姬若報答信陵君，就閑時勸王，若不聽，就以爲信陵君死之心，死于魏王前，王必悟。這樣，信陵君就既不會有負于魏國，也不會有負于趙國。侯生和如姬也既不會有負于魏王，也不會有負于信陵君。爲什麼不在這個方面想辦法呢？信陵君心中祇知有姻親關係的趙國而不知有魏王。宫内寵幸的姬妾，境外的鄰國，地位很低的侯生等夷門野人，全部都是心中祇知有信陵君而不知有魏王。這可以說明魏國祇有一個孤立的君王而已。

唉！自從世道衰敗，對于違背公道、祇爲私黨賣命的行爲，人們都已習以爲常，卻忘記了守節奉公之道。有權勢極重的宰相，卻沒有威望很高的君王，有私下的仇恨而沒有正義的憤怒。就像秦國人祇知有穰侯而不知有秦王，虞卿祇知有平民朋友而不知有趙王。這種將君王看得像贅瘤一樣的情況已很久了。由此說來，信陵君之罪，並不完全在于他是否盗竊了兵符。如果他是爲了魏國和六國，即使盗竊了兵符也是可以的。如果他祇是爲了趙國和他的姻親，即使向魏王求取兵符並公正地得到了它，也是有罪的。

雖然如此，魏王也不能說是無罪的。兵符藏在他的卧室之中，信陵君又怎麼能夠偷到呢？信陵君不忌憚魏王，直接請求如姬盗竊兵符，是因爲他平素就看出了魏王的疏忽。如姬不害怕魏王，敢于盗竊兵符，是因爲她素來倚仗魏王對她的寵愛。木頭朽爛了才會生出蛀蟲。古時的君王高高在上獨攬大權，内外之人沒有敢不恭敬的。如果能這樣，信陵君又怎麼能與趙國私下建立交情？趙國怎麼能私下求救于信陵君？如姬怎麼能對信陵君的恩情念念不忘？信陵君怎麼能爲了得到回報而對如姬施加恩德？嚴寒豈是在一朝一夕之間就到來了的啊！由此說來，不祇是人們不知有魏王，就連魏王自己也自認爲是贅瘤了。

所以信陵君可以作爲臣子結黨營私之戒，魏王可以作爲君王大權旁落之戒。《春秋》記載了葬原仲

和罩帥師的事情。唉！聖人的思慮多麼深遠啊！

作者簡介

宗臣（一五二五年—一五六〇年），字子相，號方城山人，興化（今江蘇興化）人。嘉靖二十九年（一五五〇年）進士，任刑部主事、吏部員外郎。性耿介，不附權貴。嘉靖三十六年因作文祭楊繼盛而得罪嚴嵩，被貶爲福建布政使司左參議。後以防禦倭寇有功，遷提學副使。他是明代中葉著名的文學家，文章風格豪放雄厲，較少染上模擬堆砌的習氣。他在散文創作上的成就，在「後七子」中是比較突出的。著有《宗子相集》。

報劉一丈書①

宗臣

題解 劉玠博學多才，參加科考卻一直不能得中，終生不仕。本文是作者寫給他的一封回信，以漫畫的手法，刻畫出官府小吏的無恥行徑，嚴府不可一世的氣焰及其門人狐假虎威的醜態，反映了當時社會的黑暗與官場的腐敗。

原文 數千里外，得長者時賜一書，以慰長想，即亦甚幸矣；何至更辱饋遺②，則不才③益將何以報焉！書中情意甚殷④，即長者之不忘老父，知老父之念長者深也。至以「上下相孚⑤，才德稱位」語不才，則不才有深感焉。夫才德不稱，固自知之矣；至于不孚之病，則尤不才爲甚。

且今之所謂「孚」者何哉？日夕策馬候權者之門，門者故不入⑥，則甘言媚詞⑦作婦人狀，袖金以私之。即門者持刺⑧入，而主人又不即出見，立廄中僕馬之間，惡氣襲衣裾⑨，即飢寒毒熱不可忍，不去也。抵暮，則前所受贈金者出，報客曰：「相公⑩倦，謝客矣。客請明日來。」即明日又不敢不來。夜披衣坐，聞雞鳴即起盥櫛⑪，走馬推門。門者怒曰：「爲誰？」則曰：「昨日之客來。」則又怒曰：「何客之勤也！豈有相公此時出見客乎？」客心恥之，強忍而與言曰：「亡奈何矣，姑容我入。」門者又得所贈金⑫，則起而入之⑬，又立向⑭所立

吳楚材、吳調侯：借孚字一轉，生出無數議論。

吳楚材、吳調侯：寫馬上兩厚我急語，神情逼肖。

廏中。幸主者出，南面召見，則驚走匍匐⑮階下。主者曰：「進！」則再拜，故遲不起。起則上所上壽金⑯。主者故不受，則固請；主者故固不受，則又固請。然後命吏內⑰之。則又再拜，又故遲不起，起則五六揖，始出。出，揖門者曰：「官人幸顧我⑱！他日來，幸⑲無阻我也！」門者答揖。大喜，奔出。馬上遇所交識，即揚鞭語曰：「適自相公家來，相公厚我，厚我！」且虛言狀⑳。即所交識，亦心畏㉑相公厚之矣。相公又稍稍㉒語人曰：「某也賢，某也賢。」聞者亦心計交贊之。此世所謂「上下相孚」也，長者謂僕能之乎？

前所謂權門者，自歲時伏臘㉓一刺之外，即經年不往也。間道經其門，則亦掩耳閉目，躍馬疾走過之，若有所追逐者㉔。斯則僕之褊衷㉕，以此長不見悅于長吏㉖，僕則愈益不顧也。每大言曰：「人生有命，吾惟守分而已。」長者聞之，得無厭其爲迂乎？

注釋

①劉一丈：字墀石，名不詳，排行第一，是作者父親的朋友。②辱：承蒙。這是謙詞。饋遺：贈送禮物。③不才：不成材的人。這是作者稱呼自己的謙詞。④殷：深厚。⑤上下相孚：上級和下級要互相信任。⑥門者：守門的僕人。故不入：故意爲難，不讓入內。⑦甘言媚詞：甜言蜜語。⑧刺：謁見的名片。⑨「惡氣」句：難聞的氣味撲向人體。⑩相公：對宰相的一種稱呼。⑪盥櫛：洗臉和梳頭。⑫「門者」句：守門的人又一次得到了客人所贈送的金錢。⑬「則起」句：就起身開門，讓客人進來。⑭向：上次。⑮匍匐：用手足在地上爬行。⑯壽金：贈金。以金帛贈人叫壽。實際上就是賄賂。⑰內：同「納」，接受。⑱官人：對守門人的敬稱。幸顧我：幸而看得起我。⑲幸：希望。⑳虛言狀：捏造當時相公厚待他的情況，加以敘述。㉑畏：佩服。㉒稍稍：偶爾，隨意地。㉓歲時：一年四季。春、夏、秋、冬叫作四時。伏臘：夏天的伏日和冬天的臘日。夏伏冬臘，在古時都舉行祭祀，是一年中的重大節日。㉔「若有」句：好像在追趕什麼似的。㉕褊衷：狹隘的心胸。㉖「以此」句：因此常常不被長官所喜歡。

譯文

幾千里外，時常得到您老人家的來信，安慰我長久想念的心情，這已經非常幸運了。怎麼還能讓您贈送禮物，這讓我用什麼報答呢？您信中的情意十分深厚，說明您沒有忘記我的父親，從而也可以知道我的父親深切地想念您的原因了。至于信中將「上下要互相信任，才能和品德與職位相符」的話告訴我，正是我所深有感觸的。我的才能和品德與職位不符，我素來是知道的。至于不能做到相互信任的弊病，在我的身上表現得尤爲厲害。

且看如今所說的上下信任是怎麼一回事呢？有的人從早到晚騎馬去權貴人家的門口恭候，守門的人故意爲難不肯進去稟報，他就甜言媚語，裝作婦人的姿態，把藏在袖裏的金錢偷偷地塞給守門人。守門人拿着名帖進去之後，主人卻不立即出來接見，他就站在馬棚裏，在僕人和馬匹中間，臭氣熏着衣服，即使是飢餓寒冷或悶熱到無法忍耐，也不肯離去。一直到傍晚，那個先前曾經接受金錢的守門人出來，告訴他說：「相公疲勞了，謝絕會客，客人請明天再來吧。」而第二天又不敢不來。晚上披衣而坐，一聽到鷄叫就起來洗臉梳頭，騎着馬跑去推門，守門人厲聲說：「是誰？」他便回答說：「昨天的客人又來了。」守門人怒氣衝衝地說：「你這個客人怎麼這樣勤快！相公難道在這個時候出來會見客人嗎？」客人感到受了恥辱，卻勉強忍耐着對守門人說：「沒辦法呀！姑且讓我進去吧！」守門人再次得到他送的金錢，才起身放他進去。他又站在上次站過的馬棚裏。幸好主人出來了，在客廳上朝南坐着，喚他進見，他便慌慌張張地跑上去，拜伏在臺階下。主人說：「進來！」他便拜了兩拜，故意遲遲不站起，起來後就獻上進見的禮物。主人故意不接受，他就再三請求收下；主人故意堅決不接受，他就又再三請求。然後主人叫手下人把東西收下，他便拜了兩拜，故意遲遲不站起，起來後又作了五六個揖才退出。出來他就對守門人作揖說：「承蒙官人關照我！以後再來，希望不要阻攔我。」守門人給他還禮，他就非常歡喜地跑出來。騎在馬上遇見所交往的朋友，就揚起馬鞭得意洋洋地對人說：「我剛從相公家出來，相公待我很好，很好！」並且誇大其詞地敘述受到接待的情況。因此他的朋友，也從心裏敬畏他能得到相公的看重。相公又偶爾對人提到：「某人有才能，某人有才能。」聽到的人也都在心裏盤算着並且一齊稱贊他。這就是如今所說的上下信任了，您說，我能這樣做嗎？

對于前面所說的那個有權勢的人家，我除了過年過節投一個名帖外，就整年不去。有時經過他的門前，就捂住耳朵，閉着眼睛，鞭策着馬匹疾跑過去，就像後面有人追似的。這就是我狹隘的心懷，

所以經常不被長官喜歡，而我卻更加不顧。我常宣稱：「人生是由一定的命運決定的，我衹要安守自己的本分就行了！」您聽了我的這番話，或許不會覺得我很迂腐吧？

作者簡介

歸有光（一五〇六年—一五七一年），字熙甫，號震川，昆山（今江蘇昆山）人。嘉靖十九年（一五四〇年）考中舉人。以後參加八次會試，都沒有考中；退居嘉定（今上海嘉定）的安亭江邊，教書授徒二十餘年之久。嘉靖四十四年（一五六五年）才成爲進士，任長興（今浙江長興）知縣。隆慶四年（一五七〇年）任南京太僕寺丞，修《世宗實録》。歸有光是明代優秀的散文家。他從小愛讀司馬遷的《史記》，相傳他曾用五種顏色的筆圈點《史記》。他的散文受司馬遷和歐陽修的影響很大，但有自己的特色。他善于用疏淡的筆墨，描寫家人、朋友之間在日常生活中的一些瑣碎事情，言近旨遠，充滿了真摯的感情。著有《震川先生集》。

吳山圖記

歸有光

題解　作者的朋友魏用晦任吳縣知縣期間，爲官清廉，深受百姓愛戴，他離任時，當地百姓送《吳山圖》給他作爲紀念。于是作者寫了這篇文章記録此事，就官與民的關係展開議論，用蘇軾和韓琦的事例，說明賢能的官吏一定會受到百姓的懷念，也表達了作者自己對吏治的期望。

原文　吳、長洲二縣①，在郡治所，分境而治；而郡西諸山，皆在吳縣。其最高者：穹窿、陽山、鄧尉、西脊、銅井，而靈巖，吳之故宮在焉，尚有西子②之遺跡；若虎丘、劍池及天平、尚方、支硎，皆勝地也；而太湖汪洋三萬六千頃，七十二峰沉浸其間，則海內之奇觀矣。余同年③友魏君用晦爲吳縣，未及三年，以高第召入爲給事中④。君之爲縣有惠愛，百姓扳⑤留之不能得，而君亦不忍于其民；由是好事者繪《吳山圖》以爲贈。

吴楚材、吴調侯：太湖又另寫，妙。以上敘次山水，作兩番寫，錯落多致。

古文觀止
卷十二　明文
六〇三
崇賢館藏書

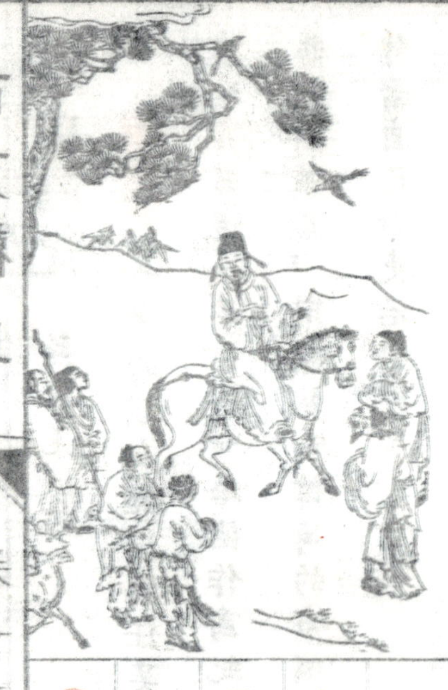

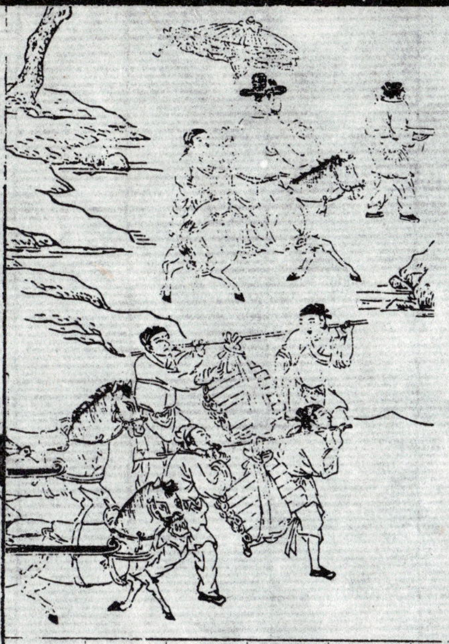

仁平賢守

北魏時期，羊敦任廣平太守，因其爲官清廉愛護百姓，朝廷將穀一千斛、絹一百匹賜予羊敦。

魏君也捨不得離開他的百姓，于是有位熱心人便畫了一幅《吳山圖》送給他。

縣令對于百姓來說，的確是很重要的，如果他十分賢良，那麼當地的山川草木也爲蒙受其恩澤而感到榮耀；如果他並不賢良，那麼當地的山川草木也會遭到禍害，蒙受恥辱。魏君可以說是讓吳縣的山河增添光彩了。將來吳縣的百姓會在青山秀巖間挑選一塊名勝寶地，修一座神廟祭祀他，這完全是應該的。然而魏君既然已經離開了吳縣，爲什麼還對這裏的山川草木那樣眷戀呢？

從前，蘇東坡稱贊韓琦離開了黃州四十多年仍念念不忘，以至于寫下了懷念黃州的詩歌。蘇東坡爲黃州的百姓把這詩刻在石碑上。此後人才明白：賢能之士對于他曾治理過的地方，

不僅會使那兒的人民不忍心忘記他，自己也是不能忘記那裏的人民的。魏君離開吳縣到現在已三年了，一天，他與我同在內廷，拿出這幅《吳山圖》給我看，一邊欣賞，一邊感嘆，于是囑托我寫篇文章記載這件事情。唉！魏君對吳縣的百姓有如此深厚的感情，又怎能使吳縣百姓忘記他呢？

滄浪亭記

歸有光

題解　本文記述了滄浪亭興建和演變的過程。滄浪亭最初爲宋代詩人蘇舜欽所建，到了明代，僧人文瑛又在原地重建。因爲時代的發展，許多古跡都已消失，但是，與曾經奢華輝煌的吳越宮殿相比，蘇舜欽所建的滄浪亭卻獲得了後世的贊美。

原文　浮圖①文瑛居大雲庵，環水，即蘇子美②滄浪亭之地也。亟求余作《滄浪亭記》，曰：「昔子美之記，記亭之勝也；請子記吾所以爲亭者。」

吳楚材　吳調侯：提明來歷。

余曰：「昔吳越有國時，廣陵王鎮吳中③，治南園于子城之西南；其外戚孫承佑④亦治園于其偏。迨淮海納土⑤，此園不廢，蘇子美始建

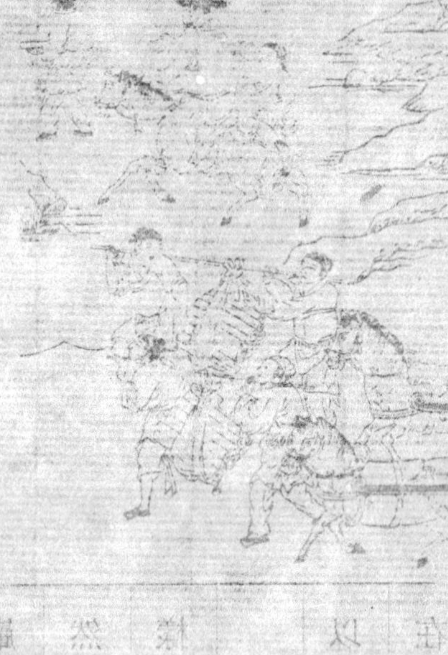

吴楚材、吴調侯：一篇曲折文字，主意祇在此一句。

滄浪亭，最後禪者居之。此滄浪亭爲大雲庵也。有庵以來二百年，文瑛尋古遺事，復子美之構于荒殘滅沒之餘。此大雲庵爲滄浪亭也。夫古今之變，朝市改易。嘗登姑蘇之臺⑥，望五湖⑦之渺茫，群山之蒼翠，太伯、虞仲之所建⑧，闔閭、夫差之所爭⑨，子胥、種、蠡之所經營，今皆無有矣。庵與亭何爲者哉？雖然，錢鏐因亂攘竊，保有吴越，國富兵強，垂及四世，諸子姻戚，乘時奢僭，宮館苑囿，極一時之盛；而子美之亭，乃爲釋子所欽重如此。可以見士之欲垂名于千載，不與澌然⑩而俱盡者，則有在矣。」

文瑛讀書喜詩，與吾徒遊，呼之爲滄浪僧云。

注釋

①浮圖：梵語的音譯，這裏指佛教徒。②蘇子美：蘇舜欽字子美，北宋文學家。曾修滄浪亭，並作《滄浪亭記》。③廣陵王：錢元璙，吴越王錢鏐的兒子。吴中：泛指今太湖流域一帶。④孫承佑：錢鏐之孫錢俶的岳父。⑤淮海納土：指吴越國降宋，獻出淮海一帶的土地。⑥姑蘇之臺：春秋時吴王夫差所建，在今江蘇蘇州西南的姑蘇山上。⑦五湖：泛指太湖一帶所有湖泊。⑧太伯、虞仲：周太王古公亶父的長子、次子。傳説是吴國的開創者。⑨闔閭、夫差：春秋時相繼就任的兩位吴王。夫差是闔閭之子。⑩澌然：冰塊融化的樣子。

譯文

文瑛和尚居住在大雲庵，那裏四面環水，曾是蘇子美建造滄浪亭的地方。他多次請我寫篇《滄浪亭記》，說：「從前蘇子美所作《滄浪亭記》，是寫亭子的優美景色，您就記述我修復這個亭子的緣由吧。」

我說：從前吴越建國時，廣陵王管轄吴中，曾在內城的西南修建了一座南園，他的外戚孫承佑，也在它的旁邊建了座園子。到淮海之地被宋國吞併時，這個園子還沒有荒廢。蘇子美最初在園中造了滄浪亭，後來住進了和尚。這就是從滄浪亭變成大雲庵的過程。大雲庵至今已有二百年的歷史了。文瑛尋訪歷史遺跡，在廢墟上按原樣子修復了滄浪亭。這就是大雲庵變成滄浪亭的過程。歷史經歷了變遷，朝代不斷地改換。我曾經登上姑蘇臺，眺望浩渺的五湖，蒼翠的群山，太伯、虞仲曾在那裏建國，闔閭、夫差曾在那裏進行戰爭，子胥、文種、范蠡籌劃的事業，如今都已不復存在，庵與亭又算得了

吳楚材、吳調侯：先生抗疏言嚴嵩父子誤國，請戮之以謝天下。詔榜之數十，謫出塞外。

什麼呢？雖然如此，錢鏐趁天下動亂竊據權位，占有吳越之地，國富兵強，傳了四代，其子孫親戚也借着權勢大肆揮霍，大建宮館園林，盛極一時；而子美的滄浪亭，才被和尚如此欽重。可見士人若想垂名千載，不像冰塊一樣很快消失，是有原因的。

文瑛好讀書作詩，常與我們交遊，大家稱他爲滄浪僧。

作者簡介

茅坤（一五一二年—一六〇一年），字順甫，號鹿門，歸安（今浙江吳興）人，嘉靖十七年（一五三八年）中進士，當過大名兵備副使，後被貶，返鄉閑居。他與唐順之、歸有光等人的散文風格相近，提倡學習唐宋人的古文，所以後世稱他們爲「唐宋派」。他編選了《唐宋八大家文鈔》。

《青霞先生文集》序

茅坤

題解　沈煉因曾彈劾嚴嵩父子遭到貶謫，後來被害。當陷害沈煉的人也被罷免後，沈煉的門人將其生前的詩文編成文集，作者受沈煉之子沈襄所托，寫了這篇序文。文中記載了沈煉的爲人及其被害的經過，對其作品能够存在和流傳的現實意義做了評價。

伍子胥一戰入郢

伍子胥，春秋末期吳國大夫，軍事家、謀略家。名員，字子胥。封于申地，故又稱申胥。

原文　青霞沈君①，由錦衣經歷上書詆宰執②。宰執深疾之，方力構其罪；賴天子仁聖，特薄其譴，徙之塞上。當是時，君之直諫之名滿天下。已而，君纍然攜妻子，出家塞上。會北敵數内犯；而帥府③以下束手閉壘，以恣敵之出沒，不及飛一鏃以相抗，甚且及敵之退，則割中土之戰沒者，與野行者之馘④以爲功。而父之哭其子，妻之哭其夫，兄之哭其弟者，往往而是，無所控吁。君既上憤疆場之日弛，

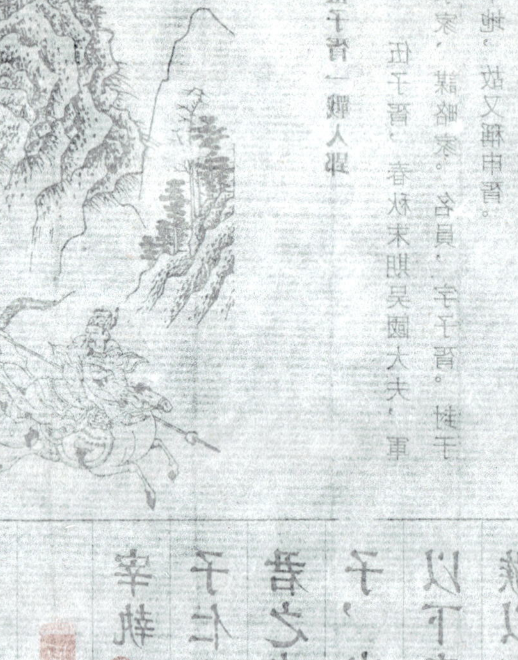

吴楚材、吴調侯：上引《小弁》《巷伯》，此引屈原、伍胥諸人，俱以孔子夾寫，正極力推尊處。

而又下痛諸將士日菅⑤刈我人民以蒙國家也，數嗚咽欷歔，而以其所憂鬱發之于詩歌文章，以泄其懷，即集中所載諸什是也。君故以直諫爲重于時，而其所著爲詩歌文章，又多所譏刺，稍稍傳播，上下震恐，始出死力相煽構，而君之禍作矣。君既沒，而一時闔寄⑥所相與讒君者，尋且坐罪罷去；又未幾，故宰執之仇君者亦報罷。而君之門人給諫⑦俞君，于是裒輯⑧其生平所著若干卷，刻而傳之；而其子以敬，來請予序之首簡。

茅子受讀而題之曰：若君者，非古之志士之遺乎哉？孔子刪《詩》，自《小弁》之怨親、《巷伯》之刺讒以下，其忠臣、寡婦、幽人、懟士之什，並列之爲《風》，疏之爲《雅》，不可勝數。豈皆古之中聲也哉？然孔子不遽遺之者，特憫其人，矜其志，猶曰「發乎情，止乎禮義」；「言之者無罪，聞之者足以爲戒焉耳」。予嘗按次春秋以來，屈原之騷疑于怨，伍胥之諫疑于脅，賈誼之疏疑于激，叔夜之詩疑于憤，劉蕡之對疑于亢，然推孔子刪《詩》之旨而裒次之，當亦未必無錄之者。君既沒，而海內之薦紳⑨大夫，至今言及君，無不酸鼻而流涕。嗚呼！集中所載《鳴劍》、《籌邊》諸什，試令後之人讀之，其足以寒賊臣之膽，而躍塞垣戰士之馬，而作之愾也，固矣。他日國家采風者之使，出而覽觀焉，其能遺之也乎？予謹識之。至于文詞之工不工，及當古作者之旨與否，非所以論君之大者也，予故不著。

嵇康

三國時魏末著名的詩人與音樂家，是當時玄學家的代表人物之一，爲人耿直。本文的作者認爲他的詩歌過于激憤。

注釋

①沈君：沈煉，字純甫，別號青霞山人，會稽（今浙江紹興）人。明世宗嘉靖十七年（一五三八年）進士，曾任溧陽花平知縣，後又任錦衣衛經歷。②錦衣經歷：錦衣衛的經歷官。錦衣衛原是皇室親軍，兼管刑獄、巡捕，明中葉以後，和東廠、西廠同爲特務機構。宰執：這裏指宰相嚴嵩。③帥府：邊境最高軍事機關。④馘：被殺者的左耳。⑤萱：一種草。⑥閫寄：指擔任軍職。⑦給諫：給事中和諫議大夫合稱，掌糾正過失和規諫。⑧裒輯：搜集、編輯。⑨薦紳：同「搢紳」，古代士大夫垂紳搢笏，因以此稱士大夫。

譯文

青霞山人沈君，以錦衣衛經歷的身份，上書責備宰相，宰相對他很痛恨，竭力羅織罪名陷害他，幸虧皇帝仁慈聖明，特別減輕其罪責，把他貶謫到邊塞。那時沈君敢于直諫的美名傳遍天下。不久，沈君就攜帶妻兒，離家來到塞上。正巧北方一帶頻頻傳來敵人入侵的告急警報，而帥府以下諸將都束手無策，緊閉城壘，任憑敵人出入侵擾，連發一支箭以抗擊敵人都沒有做到。甚至等到敵人退卻，就割下我方陣亡者和在郊野行走百姓的左耳以邀功請賞。于是父親哭兒子、妻子哭丈夫、哥哥哭弟弟的慘狀，比比皆是，百姓們卻無處控訴呼吁。沈君對上既爲邊疆防務的日益廢弛而憤慨，對下又對衆將士任

意殘殺人民、蒙騙朝廷而悲痛嘆息，乃將他的憂鬱表現在詩歌文章之中，以抒發情懷，文集中所收的這些篇章就是。沈君原來就以直諫被時人敬重，而他所作的詩文又多有諷刺，逐漸傳播出去，于是上下都感到震驚恐慌。就開始竭力造謠陷害，沈君的大禍就產生了。沈君被害後，當年掌握大權、一起陷害沈君的人，不久便因罪罷職。又過了不久，原來仇視沈君的宰相也被罷免。沈君的門人給事中俞君，于是收集編輯了他一生所作的詩文若干卷，刊刻流傳。其子沈襄，來請我作序放在文集前面。

我恭讀了文集後寫道：像沈君這樣的人，不就是古代志士的遺風嗎？孔子刪定《詩經》，從《小弁》篇的怨恨父親、《巷伯》篇的譏刺讒人以下，其中忠臣、寡婦、隱士和怨懟之士的作品，一起被列于「風」、被分入「雅」的，數不勝數。它們難道都是上古的中和之聲嗎？然而孔子終究不刪掉它們，祇是因爲憐憫這些人，愛惜他們的心志啊，還說是「發自內心的感情，又合乎禮義的規範」，「言者無罪，聽的人完全應該引以爲戒」。我曾經依序考察春秋以來的作品，屈原的《離騷》近乎怨恨；伍子胥的進諫似乎在威脅君王；賈誼上疏似乎過于偏激；嵇康的詩歌似乎過于激憤；劉蕡的奏對也有過分之嫌。然而若以孔子刪定《詩經》的宗旨來編輯它們，恐怕也未必不被錄取。沈君死後，海內的士大夫

至今一提到他，無不鼻酸流淚。啊！文集中所收載的《鳴劍》、《籌邊》等篇，如果讓後人讀，足可使奸臣膽寒，使塞上戰士躍馬殺敵，激起他們同仇敵愾之氣，那是必然的！日後朝廷派遣的采風使者出使各地而看到這些詩篇，難道會遺漏它們嗎？我恭敬地記述在此。至于文辭的精美與否，以及與古代作家爲文的宗旨是否相合，那無關乎評論沈君的大節，所以我不予評論。

作者簡介

王世貞（一五二六年—一五九〇年），字元美，號鳳洲、弇州山人，太倉（今屬江蘇）人，嘉靖年間中進士，任南京刑部尚書。他是「後七子」之一，和李攀龍並稱。雖然他也是「文必西漢，詩必盛唐」之類復古口號的鼓吹者，但似乎他的胸襟比李攀龍等人寬廣，對不同的文學思想和文學創作都能寬容。他本人的散文創作，則常常超越他們畫地爲牢的口號，在古奧中見流暢，于奇崛中有清新，比起七子中另六子來似乎高明一些；尤其是他學問廣博，知識豐富，筆下文章也常常能顯示出學問功底和涵養工夫，因而別有一種淳厚韵味，有些像宋代散文家的格調。

藺相如完璧歸趙論

王世貞

題解

作者首先對藺相如完璧歸趙的事表示了懷疑，因爲如果趙國畏懼秦國，就應當將和氏璧送給秦國；而如果趙國想讓秦國背上失信的惡名，也應當放棄和氏璧。但是藺相如却令人懷揣和氏璧逃回趙國，讓自己變成了理屈的一方，這種做法並不高明。因此，即使完璧歸趙的事情是真實的，也是趙國的運氣好罷了。

原文

藺相如①之完璧，人皆稱之，予未敢以爲信也。

夫秦以十五城之空名，詐趙而脅其璧。是時言取璧者情也，非欲以窺趙也。趙得其情則弗予，不得其情則予；得其情而畏之則予，得其情而弗畏之則弗予。此兩言決耳，奈之何既畏而復挑其怒也？

且夫秦欲璧，趙弗予璧，兩無所曲直也。入璧而秦弗予城，曲在秦；秦出城而璧歸，曲在趙。欲使曲在秦，則莫如棄璧；畏棄璧，則莫如弗予。夫秦王既按圖以予城，又設九賓②齋而受璧，其勢不

吴楚材、吴調侯：趙惠文王時，得楚和氏璧。秦昭王欲以十五城易之。趙王使藺相如奉璧西入秦。相如視秦王無意償趙城，使其從者懷璧從徑道亡，完璧歸趙。劈手一斷。

吳楚材、吳調侯：餘波作結。相如完璧歸趙一節，至今凜凜有生氣，固無待後人之訾議也。然懷璧歸趙之後，相如得以無恙，趙國得以免禍者，直一時之僥幸耳。故中間特設出一段中正之論，以爲千古人臣保國保身萬全之策，勿得視爲迂談而忽之也。

得不予城。璧入而城弗予，相如則前請曰：「臣固知大王之弗予城也。夫璧非趙璧乎？而十五城秦寶也，今使大王以璧故而亡其十五城，十五城之子弟，皆厚怨大王以棄我如草芥也。大王弗予城而紿③趙璧，以一璧故而失信于天下，臣請就死于國，以明大王之失信。」秦王未必不返璧也。今奈何使舍人懷而逃之，而歸直于秦？是時秦意未欲與趙絕耳。令秦王怒，而僇④相如于市，武安君⑤十萬衆壓邯鄲，而責璧與信，一勝而相如族，再勝而璧終入秦矣。吾故曰：「藺相如之獲全于璧也，天也！」若其勁澠池⑥，柔廉頗⑦，則愈出而愈妙于用。所以能完趙者，天固曲全之哉！

注釋

①藺相如：戰國時趙國大臣。②九賓：又稱九儀。指設儐相九人接待來人的隆重儀式。③紿：欺騙。④僇：通「戮」，殺戮。⑤武安君：秦國名將白起，封武安君。⑥勁澠池：前二七九年，秦昭襄王與趙惠文王在澠池（今屬河南）會盟，秦王欲辱趙王，受到藺相如的有力還擊。⑦柔廉頗：藺相如立功拜爲上卿，位在大將廉頗之上，廉頗不服，藺相如就處處謙讓，終于感動廉頗。

譯文

藺相如完璧歸趙，人們都稱贊他。我卻不敢苟同。

秦國以十五座城池的空名，欺騙趙國，並且威脅索取其和氏璧。這時，秦國想要得到璧是實情，但不是要趁機窺伺趙國。趙國能看穿詭計就不給它，看不穿就衹有給它；看穿而懼怕秦國就給它，看穿而不懼怕秦國就不給它。給與不給，衹要兩句話就能解決啊，爲什麼既懼怕他而又要惹他發火呢？

況且，秦國想得到璧，趙國並不想給，雙方是無所謂是非曲直的。趙國送去了璧而秦國不割讓城池，則錯在秦國。秦國交出城池而趙國又拿回了璧，則錯在趙國。要想使這錯在秦國，就不如放棄璧；害怕這塊璧被騙去，就不如不給。秦王既然答應按照地圖交割城池，又準備了九賓的隆重儀式，齋戒沐浴，恭敬地前來接受這塊璧，這形勢，是不得不交割城池的了。如果秦王騙去了璧而不給城池，相如就可以上前恭敬地說：「我早就知道大王是不會給城的。那璧不是趙國的寶貝嗎？而十五座城池也是秦國所珍惜的。如今若大王爲了這塊璧的緣故而失去了十五座城池，城裏的百姓，都會深深地怨恨

大王把他們如同草芥一樣地拋棄。大王也可以不給城池而騙取和氏璧，就爲了一塊璧而在天下人之前失信，我請求就死在您的面前，來表明大王的言而無信。」這樣，秦王未必不會將璧歸還。而藺相如爲什麼要派手下的人懷揣着璧逃回去，把有理的一方讓給了秦國呢？那時秦國還不想與趙國決裂啊。假如秦王發怒而殺相如示衆，派武安君統領十萬大軍興師問罪，進攻邯鄲，責問那塊璧的去向及趙國的失信，秦兵的一次勝利就可以使相如滅族，再次勝利就可以得到和氏璧了。所以我說，藺相如能夠保全這塊璧，是天意啊。至于他在澠池的強硬態度，對廉頗的溫和忍讓，辦法是越來越高明了。所以趙國能夠保全，實在是上天有意保佑它啊！

作者簡介

袁宏道（一五六八年—一六一〇年），字中郎，號石公，公安（今湖北公安）人。他是袁宗道的弟弟、袁中道的哥哥。萬曆二十年（一五九二年）進士，先後擔任過吳縣知縣、京兆校官、禮部儀制司主事、驗封司主事。中間曾兩度告歸。晚年定居沙市（今湖北沙市）。他是明代著名的文學家，「公安派」的代表作家。兄弟三人之中，他的才力和名望最著名。他的散文力求自由解放，給人以清新活潑的感覺。著有《袁中郎全集》。

徐文長傳

袁宏道

題解 徐渭是明朝著名作家，在詩文、戲曲、書法以及繪畫等諸多方面都有很高的造詣，却終生潦倒不得志，祇有以詩文發泄胸中的不平。他死後四年，袁宏道偶然見到了他的詩集，于是爲他寫了這篇傳記，記述了他坎坷不平的一生，表達了自己的同情和對世俗的傲視與憤慨。

吳楚材、吳調侯：通篇從數奇二字著眼。

原文 徐渭，字文長，爲山陰諸生[1]，聲名籍甚。薛公蕙[2]校越時，奇其才，有國士[3]之目。然數奇[4]，屢試輒蹶。中丞胡公宗憲[5]聞之，客諸幕。文長每見，則葛衣烏巾，縱談天下事，胡公大喜。是時，公督數邊兵，威鎮東南，介胄[6]之士，膝語蛇行，不敢舉頭；而文長以部下一諸生傲之，議者方之劉真長、杜少陵云[7]。會得白鹿，屬文長

吳楚材、吳調侯：極抑揚之致。此段論其詩，是袁石公之文，即是徐天池之文，悲壯淋漓，睥睨一世。

吳楚材、吳調侯：並論其畫。文長詩文字畫，皆于性中流出，不假人工雕琢者也。

作表；表上，永陵⑧喜。公以是益奇之，一切疏⑨計，皆出其手。文長自負才略，好奇計，談兵多中，視一世事無可當意者，然竟不偶。

文長既已不得志于有司，遂乃放浪曲蘖⑩，恣情山水，走齊、魯、燕、趙之地，窮覽朔漠。其所見山奔海立，沙起雲行，雨鳴樹偃，幽谷大都，人物魚鳥，一切可驚可愕之狀，一一皆達之于詩。其胸中又有勃然不可磨滅之氣，英雄失路、托足無門之悲，故其爲詩，如瞋，如笑，如水鳴峽，如種出土，如寡婦之夜哭、羈人⑪之寒起。雖其體格時有卑者，然匠心獨出，有王者氣，非彼巾幗而事人者所敢望也。文有卓識，氣沈而法嚴，不以模擬損才，不以議論傷格，韓、曾之流亞也⑫。文長既雅不與時調合，當時所謂騷壇主盟者，文長皆叱而怒之，故其名不出于越。悲夫！

喜作書，筆意奔放如其詩，蒼勁中姿媚躍出，歐陽公⑬所謂「妖韶女老自有餘態」者也。間以其餘，旁溢爲花鳥，皆超逸有致。

卒以疑，殺其繼室，下獄論死。張太史元汴⑭力解，乃得出。晚年憤益深，佯狂益甚。顯者至門，或拒不納；時攜錢至酒肆，呼下隸與飲；或自持斧擊破其頭，血流被面，頭骨皆折，揉之有聲；或以利錐錐其兩耳，深入寸餘，竟不得死。周望⑮言：晚歲詩文益奇，無刻本，集藏于家。余同年有官越者，托以鈔錄，今未至。余所見者，《徐文長集》、《闕編》二種而已。然文長竟以不得志于時，抱憤而卒。

徐文長

初字文清，改字文長，號天池山人、青藤居士。

吴楚材、吴調侯：生則見知于君臣，沒則見重于後世，雖不貴，未爲不遇也。

石公⑯曰：先生數奇不已，遂爲狂疾；狂疾不已，遂爲囹圄⑰。古今文人牢騷困苦未有若先生者也。雖然，胡公間世豪傑，永陵英主；幕中禮數異等，是胡公知有先生矣；表上，人主悅，是人主知有先生矣。獨身未貴耳。先生詩文崛起，一掃近代蕪穢之習，百世而下，自有定論。胡爲不遇哉！梅客生⑱嘗寄予書曰：「文長吾老友，病奇于人，人奇于詩。」余謂文長，無之而不奇者也，無之而不奇，斯無之而不奇也。悲夫！

注釋

①諸生：縣學生員，即秀才。②薛公蕙：薛蕙，明代正德年間進士，官至吏部郎中。③國士：一國中傑出的人士。④數奇：命運不好。⑤胡公宗憲：胡宗憲，字汝貞，號默林，嘉靖三十四年（一五五五年）任浙江巡按御史，後陞總督。⑥介胄：甲胄，即鎧甲與頭盔，代指軍服。⑦劉真長：名惔，東晉人。仕爲丹陽尹，深爲丞相王導所器重，爲人恃才傲物。杜少陵：杜甫。杜甫曾在劍南節度使嚴武幕中供職。他與嚴武是世交，關係密切，不拘禮儀。⑧永

陵：指明世宗朱厚熜。他的年號嘉靖，陵墓叫永陵。⑨疏：奏疏，臣下呈給皇帝的公文。⑩曲蘖：指酒。⑪羈人：羈旅之人。⑫韓：指韓愈，唐代著名散文家，古文運動領袖。曾：指曾鞏，宋代著名散文家。⑬歐陽公：指歐陽修，宋代著名文學家。⑭張太史元汴：張元汴，字子藎，號陽和，山陰人，曾任翰林院編修，故稱爲太史。⑮周望：陶望玲，字周望，號石簣，會稽人，曾任翰林院編修，是袁宏道的朋友。⑯石公：袁宏道的號。⑰囹圄：牢獄。⑱梅客生：名國楨，湖北麻城人，作者的朋友。

譯文

徐渭，字文長，是山陰的生員，聲名盛大。薛公蕙在浙江主持考試時，對他的才華感到十分震驚，把他視作國士。然而徐渭命運不好，遇事不順，屢次應試總是失敗。中丞胡宗憲聽說後，請他去做幕僚。文長每次去見胡公，都穿着葛布長衫，頭戴烏巾，放任地談論天下之事。胡公十分稱贊。這時，胡公統率着幾支軍隊，威震東南，普通士兵在他面前總是側身緩步，跪着說話，不敢仰視，而文長以帳下一個生員的身份狂傲地對待胡公，好議論的人把他比作劉真長與杜甫。胡公恰巧獵得一頭白鹿，囑托文長寫一篇賀表。表遞交上去後，世宗皇帝看了很高興。胡公因此更加器重徐渭，一切疏

縱情山水

文長既已不得志于有司，遂乃放浪曲蘗。

記奏章都交給徐渭辦理。文長自負才智過人，喜好出奇制勝，談論用兵之道時往往被他說對，覺得當時的士人沒有一個能入他眼的，卻總是遭遇不順。

文長既然不得志，不被當權者重視，于是放浪于酒，縱情山水，他遊歷了齊、魯、燕、趙之地，飽覽北方的大漠。他所看到的山崩海立，沙起雲飛，風起雷鳴，大樹傾伏，幽深的山谷和繁華的大都，人物魚鳥和奇異的樹木，一切可驚可愕的形狀和景觀，一一寫入了詩中。他胸中又有強烈的不平之氣和英雄無用武之地，投靠無門的悲憤，所以他的詩時怒時笑，如山流在峽谷中鳴叫，如種子出土，如寡婦深夜的哭泣，如旅行在外的人在夜半寒冷時啓程；雖然有些詩的格調也不是很好，但匠心獨運，有雄偉的氣派，不是那些如女子般以媚態事人的人所能寫出來的。他的文章有眞知灼見，氣度深沉而章法嚴謹，不因墨守成規而損傷他的才華，也不因議論而傷害了文章的格調，是與韓愈和曾鞏文風相近啊。文長既然志趣高雅，從來不與潮流合拍，對當時詩壇所謂的風雲人物，文長都加以抨擊。因此，他的名聲出不了紹興，實在令人爲之感到悲哀！

他喜歡書法，筆意奔放如同他的詩，蒼勁中另具一種嫵媚的姿態，就像歐陽修所說的「遲暮女子也自有一番餘韻」。有時尚有餘力，興趣還涉及畫些花鳥畫，都超逸有情致。

後來，他因爲多疑而殺他的繼妻，被下獄定爲死罪。張太史元汴極力爲他辯解，他才得以出獄。晚年對世道的憤懣越來越深，于是有意假裝瘋狂，達官貴人登門拜訪，他會拒絕不見。時常帶着錢到酒店，叫僕人與他一起飲酒。有時拿着斧頭把自己的頭擊破，血流滿面，頭骨都折斷，用手揉摩，咔咔作響。有時用尖利的錐子錐進自己的兩耳一寸多深，竟沒有死。周望說：徐文長晚年的詩文越發奇特，沒有刻本，集起來後都藏于家中。我的科考同年在浙江做官，我托他抄下來，現在還沒有拿到。我所見到的，衹有《徐文長集》、《闕編》兩種而已。然而，文長竟然因爲當時不得志，帶着憤恨而死。

石公說：文長先生一生命運多舛，以至變得瘋狂；瘋狂不止，又導致他被抓進監獄。古今文人的

牢騷不滿及所受的窮困苦難，沒有像文長先生一樣的。雖然如此，胡公是罕見的豪傑，世宗是英明的君主，在幕府中胡公對文長與對別人不同，是胡公瞭解他啊。表上奏給皇帝，取得皇帝的歡心，是皇帝也知道有先生啊。唯一欠缺的就是他沒能顯貴起來。文長先生詩文崛起，一掃近代文壇貧乏骯髒的習氣，將來的歷史自有定論，怎麼能說他不得志呢？梅客生曾寄信給我說：「文長是我的老朋友，他的怪病比他的人更怪，他作爲一個奇人比他的詩還奇。」我說文長沒有一處不奇異。正因爲沒有什麼不奇，所以命運也就沒有一處不艱難坎坷。眞是令人悲哀呵！

作者簡介

張溥（一六〇二年—一六四一年），字乾度，後改字天如，號西銘，太倉（今江蘇太倉）人。幼年勤苦學習，所讀書必手抄，抄至六七遍才停止。後來就把他的書齋叫作「七録齋」。他與同邑張采共學齊名，人稱「婁東二張」。他富有正義感，同情東林黨。崇禎元年（一六二八年）他寫《五人墓碑記》。崇禎二年（一六二九年）他聯合各地文社，組成「復社」，主張「興復古學」，改良政治，名震朝野。崇禎四年（一六三一年）中進士，選翰林院庶吉士，授編修。次年告假歸家。他是明末著名的散文家，文章風格亢爽、質樸。著有《七録齋詩文合集》、《七録齋近集》。

張溥

五人墓碑記

張溥

題解 明朝末年，宦官魏忠賢專權，他排斥異己，殺害大臣，對人民施行殘暴的統治。以士大夫爲首的東林黨人，多次上疏與魏忠賢鬥爭，遭到了閹黨的迫害。天啓六年，魏忠賢又派人到蘇州捉拿周順昌，激起蘇州市民的反抗，于是統治者搜捕暴動市民。爲了不牽連無辜，市民首領顏佩韋等五人主動投案就義。崇禎皇帝即位後，魏忠賢畏罪自殺。爲紀念五人，蘇州市民將他們合葬于城外。張溥于崇禎元年作此文，

刻在墓碑上。

吳楚材、吳調侯：入手便提出五人來歷。

【原文】五人者，蓋當蓼洲周公①之被逮，激于義而死焉者也。至于今，郡②之賢士大夫請于當道，即除魏閹廢祠之址以葬之③，且立石于其墓之門，以旌④其所爲。嗚呼！亦盛矣哉！

夫五人之死，去今之墓而葬焉，其爲時止十有一月耳。夫十有一月之中，凡富貴之子，慷慨得志之徒⑤，其疾病而死，死而湮沒⑥不足道者，亦已衆矣，況草野⑦之無聞者歟！獨五人之皦皦⑧，何也？

予猶記周公之被逮，在丁卯三月之望⑨。吾社⑩之行爲士先者，爲之聲義⑪，斂資財以送其行，哭聲震動天地。緹騎⑫按劍而前，問：「誰爲哀者⑬？」衆不能堪，抶而仆之⑭。是時以大中丞⑮撫吳者，爲魏之私人，周公之逮所由使也。吳之民方痛心焉，于是乘其厲聲以呵⑯，則噪⑰而相逐。中丞匿于溷藩⑱以免。既而以吳民之亂請于朝，按誅⑲五人，曰顏佩韋、楊念如、馬傑、沈揚、周文元，即今之傫然⑳在墓者也。

然五人之當刑也，意氣揚揚㉑，呼中丞之名而詈㉒之，談笑以死。斷頭置城上，顏色不少變。有賢士大夫發五十金，買五人之脰而函之㉓，卒與屍合。故今之墓中，全乎爲五人也。

嗟夫！大閹之亂，縉紳㉔而能不易其志者，四海之大，有幾人歟？而五人生于編伍之間㉕，素不聞詩書之訓㉖，激昂大義，蹈㉗死不顧，亦曷故哉？且矯詔㉘紛出，鉤黨㉙之捕，遍于天下，卒以吾郡之發憤一

七録齋

張溥自幼勤苦學習，所讀書必手抄，抄至六七遍才停止。後來就把他的書齋叫作「七録齋」。

吳楚材、吳調侯：此言五人之死義尤爲難。

吳楚材、吳調侯：點出賢大夫慶起作結。議論隨敘事而入，感慨淋漓，激昂盡致。當與史公伯夷、屈原二傳，並垂不朽。

擊，不敢復有株治㉚。大閹亦逡巡㉛畏義，非常之謀難于猝發㉜，待聖人之出，而投繯道路㉝，不可謂非五人之力也。

由是觀之，則今之高爵顯位，一旦抵罪，或脫身以逃，不能容于遠近，而又有剪髮杜門㉞，佯狂㉟不知所之者，其辱人賤行㊱，視㊲五人之死，輕重固何如哉？是以蓼洲周公，忠義暴于朝廷，贈諡美顯，榮于身後；而五人亦得以加其土封㊳，列其姓名于大堤之上，凡四方之士，無有不過而拜且泣者，斯固百世之遇也。不然，令五人者保其首領，以老于戶牖之下㊴，則盡其天年，人皆得以隸使㊵之，安能屈豪傑之流㊶，扼腕㊷墓道，發其志士之悲哉？故予與同社諸君子，哀斯墓之徒有其石也，而爲之記。亦以明死生之大，匹夫之有重于社稷也。

賢士大夫者，冏卿因之吳公、太史文起文公、孟長姚公也㊸。

注釋

①蓼洲周公：周順昌，字景文，號蓼洲，明神宗萬曆年間進士，曾任福州推官、文選員外郎，後辭官回家。因斥責魏忠賢而被捕，入京後下獄，受酷刑死。②郡：吳郡，今江蘇蘇州一帶。③除：收拾，清理。魏閹：指魏忠賢。廢祠：已被廢除的生祠。生祠，爲紀念某人而在他生前建立的祠堂。④旌：表彰。⑤慷慨得志之徒：這裏泛指平時神氣活現和任得一官半職的人。⑥湮沒：埋没。⑦草野：指民間。⑧皦皦：潔净明亮。⑨丁卯：天啓七年（一六二七年）。望：陰曆每月十五日。⑩吾社：指東林黨。⑪聲義：聲張正義。⑫緹騎：逮捕罪犯的差役。⑬「誰爲」句：你們爲誰痛哭？⑭抶：鞭打。仆：跌倒。⑮中丞：官名，即都察院的副都御史。⑯呵：呵斥。⑰譟：大聲吵嚷。⑱溷藩：厠所内。⑲按誅：依照法律斬殺。⑳傫然：平白無辜地被殺死。㉑意氣揚揚：情緒激昂。㉒詈：駡。㉓脰：脖子。函：用匣子裝起來。㉔縉紳：指有官職或做過官的人。㉕生于編伍之間：出身于平民。古時户口編制以五家爲一伍。五人都是平民出身：顏佩韋，商人的兒子；楊念如，賣衣服的商人；馬傑，市民；沈揚，牙行的中人；周文元，周順昌的轎夫。㉖詩書：指經書。訓：教誨。㉗蹈：踐踏，身臨。㉘矯詔：僞托皇帝的詔令。㉙鈎黨：相互牽連爲同黨。㉚株治：株連懲辦。㉛逡巡：有所顧慮而不敢繼續

進行。㉜猝發：突然發動。㉝投繯道路：中途上吊自殺而死。㉞剪髮：出家做和尚。杜門：閉門不出。㉟佯狂：假裝發狂。㊱辱人賤行：可恥的人格，卑鄙的行爲。㊲視：比起。㊳加其土封：在他們的墳上添土。㊴户牖之下：家中。㊵隸使：當奴僕使喚。㊶屈豪傑之流：使英雄豪傑們拜倒。㊷扼腕：用一隻手握住另一隻手腕，表示惋惜。㊸冏卿：官名，即太僕寺卿。因之吴公：吴默，字因之。太史：明代稱翰林爲太史。文起文公：文震孟，字文起。孟長姚公：姚希孟，字孟長。

譯文

這五個人，就是當周蓼洲先生被捕之時，激于義憤而死的。到了現在，本郡的賢德之士向當局請求，獲得批准在已被廢除的魏忠賢生祠舊址來安葬他們，并且在墓門之前豎立碑石，來表彰他們的事跡。啊，也眞是盛大的事情呀！

這五人的死，距離現在爲他們建墓安葬，時間不過十一個月。在這十一個月當中，那些富貴人家的子弟，意氣豪放、志得意滿的人，因患疾病而死，死後埋沒不再被人提起的，也太多了；何况鄉間沒有聲名的普通百姓呢？唯獨這五個人名聲顯耀，爲什麽呢？

我還記得周公被捕，是在丁卯年三月十五日。那時我們社裏一些道德品行堪稱楷模的人，替他伸張正義，捐資送他起程，哭聲震天動地。差役們按着劍柄走上來，問：「誰在爲他悲痛？」大家忍無可忍，把他們打倒在地。當時以大中丞職銜擔任吴郡巡撫的是魏忠賢的黨羽，周公被捕就是由他主使的；蘇州的老百姓正十分痛恨他，這時趁他厲聲呵駡之機，就群起呼喊着追趕他。這位巡撫藏在廁所裏才得以逃脱。不久，他以蘇州百姓發動暴亂的罪名向朝廷請示，追究處死了五個人，他們是：顔佩韋、楊念如、馬傑、沈揚、周文元，就是現在合葬在這墓中的五個人。

當五人臨刑之時，神情慷慨自若，喊着中丞的名字大駡，談笑而死。砍下的頭放在城頭上示衆，神色一點都沒有改變。有位賢德之士拿出五十兩銀子，買下五個人的頭裝于匣中，最終與屍體合到了一起。所以現在墓中是完整的五個人。

唉！當魏忠賢禍國亂政的時候，做官的人能夠不改變自己志節的，中國之大，有幾個人呢？但這五個人身爲平民，從未接受過詩書的教誨，僅僅被大義所激勵，就能踏上死地也不回頭，又是什麽緣故呢？况且當時假詔書紛紛傳出，追捕同黨的人遍及全國，終于因爲我們蘇州人民的憤怒抗擊，閹黨

才不敢再株連治罪；魏忠賢也因畏懼正義而遲疑不決，篡奪帝位的陰謀不敢立刻發動，直到當今的聖君即位，魏忠賢自縊在放逐的路上，不能不說有這五個人的功勞呀。

由此看來，今天那些高官顯貴們，一旦犯罪受罰，有的脫身潛逃，不被遠近所容；也有的剪髮毀容、閉門不出，或假裝瘋狂不知該逃到何處，他們那可恥的人格、卑賤的行爲，比起這五個人的犧牲，輕重的差別應該是怎樣的呢？因此蓼洲周公的忠義顯露在朝廷，受贈的謚號美好而光榮，死後十分榮耀；而這五個人也能夠修建一座大墳墓，立碑刻名于大堤之上，所有四方的有志之士路過這裏沒有不跪拜哭泣的，這實在是百代難得的榮譽啊。若不如此，假使讓這五個人保全性命，在家中平安地生活到老，盡享天年，有地位的人都能夠像奴僕一樣使喚他們，又怎麼能讓英雄豪傑屈身拜倒于墓前，扼腕嘆息，抒發他們有志之士的悲壯感情呢？因此我和同社中的諸位先生，惋惜這墓前空有石碑而無碑文，就作了這篇碑記，也借此說明死生意義的重大，普通百姓對于國家也有重要的作用啊。

幾位賢德之士是：太僕卿吳公因之、太史文公文起、姚公孟長。

[illegible]

圖書在版編目（CIP）數據

古文觀止 /（清）吴楚材，（清）吴調侯編著. -- 北京 ：北京聯合出版公司，2012.12
（崇賢館藏書）
ISBN 978-7-5502-1060-8

Ⅰ. ①古… Ⅱ. ①吴… ②吴… Ⅲ. ①古典散文－散文集－中國 Ⅳ. ①H194.1

中國版本圖書館CIP數據核字（2012）第240357號

ISBN 978-7-5502-1060-8

書名	古文觀止
著作者	（清）吴楚材（清）吴調侯
責任編輯	崔保華
出版發行	北京聯合出版公司
地址	北京市西城區德外大街八十三號樓九層 郵編：100088
策劃經銷	北京崇賢館世紀文化傳媒有限公司 北京市西城區北三環中路甲六號 出版創意大廈七層，郵編：100120
印刷	吴橋金鼎古籍印刷廠
開本	宣紙八開
版次	二〇一二年十二月第一版 二〇一二年十二月第一次印刷
標準書號	ISBN 978-7-5502-1060-8
定價	叁仟貳佰圓整（一函八册）

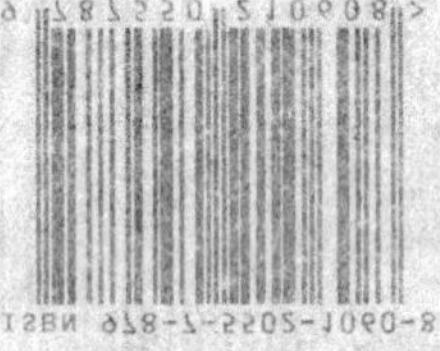